ÁGUA DOCE

AKWAEKE EMEZI

ÁGUA DOCE

Tradução
Carolina Kuhn Facchin

kapulana
editora

São Paulo
2019

FRESHWATER
Copyright©2018, by Akwaeke Emezi
All rights reserved/Todos os direitos reservados

Copyright©2019 Editora Kapulana Ltda. - Brasil

Grafia atualizada conforme o Acordo Ortográfico da Língua Portuguesa,
decreto n° 6.583, de 29 de setembro de 2008.

Direção editorial:	Rosana M. Weg
Tradução:	Carolina Kuhn Facchin
Projeto gráfico:	Daniela Miwa Taira
Capa:	Mariana Fujisawa

Dados Internacionais de Catalogação na Publicação (CIP)
(Câmara Brasileira do Livro, SP, Brasil)

Emezi, Akwaeke
 Água doce/ Akwaeke Emezi; tradução Carolina Kuhn Facchin. -- São Paulo: Kapulana, 2019.

 Título original: Freshwater
 ISBN 978-85-68846-72-8

 1. Ficção autobiográfica 2. Ficção nigeriana em inglês 3. Identidade (Psicologia) - Ficção 4. Mulheres - Nigéria - Ficção I. Título.

19-28344   CDD-823.92

Índices para catálogo sistemático:
1. Literatura nigeriana em inglês   823.92

Cibele Maria Dias - Bibliotecária - CRB-8/9427

2019

Reprodução proibida (Lei 9.610/98).
Todos os direitos desta edição reservados à Editora Kapulana Ltda.
Rua Henrique Schaumann, 414, 3° andar, CEP 05413-010, São Paulo, SP, Brasil
editora@kapulana.com.br - www.kapulana.com.br

Nota da tradutora

Obrigada, querido leitor ou querida leitora ou queridx leitxr. Com este agradecimento meio deslocado apresento o motivo desta nota e o grande desafio da tradução de *Água doce*: gêneros. E a grande "generificação" de praticamente todas as palavras na língua portuguesa, contrastando com a importância da "a-generificação" para a história contada no livro – e para a vida – de Akwaeke.

Veja, no Português até agradecimentos têm gênero. Com meu "Obrigada", me apresento como mulher – como pessoa que se identifica como mulher. E você que me lê pode ser homem, mulher, ou nada disso, ou os dois. No Inglês é fácil: "*Thank you, reader*". Sem gêneros, sem complicações. Na nossa língua, não é bem assim.

Akwaeke Emezi faz sempre questão de dizer que habita espaços liminares: nem uma ponta, nem a outra. É uma pessoa que se encontra tão "no meio" que não é nem "uma": é "nós", como se vê pelo grande número de capítulos narrados na primeira pessoa do plural – *Água doce* é, afinal de contas, baseado nas realidades de Akwaeke, com algumas pitadas de ficção (ou não). Akwaeke é *ọgbanje* – e a leitura do livro logo vai te familiarizar com estas entidades, estes espíritos, seres plurais – e se refere a si no pronome designado como neutro no Inglês – "*they*" – ou no plural: "nós". Um "nós" sem gênero. E é com isso que lidamos – que lidei como tradutora.

A gramática da língua portuguesa estabelece que o neutro, no discurso, deve ser marcado pelo masculino. Ou talvez nem seja uma questão só do Português: é uma ordem mundial que coloca a masculinidade como o padrão, e relega tudo que dela destoa e foge à posição de Outro – ou Outra.

Mas, vamos focar na língua. Traduzindo *Água doce*, me deparei inúmeras vezes com o impasse de como traduzir essa característica "a-gênera". Traduzir tudo utilizando formas femininas resultaria, infelizmente, numa prosa marcada demais, atrapalhando o pleno entendimento de todo o resto que acontece no livro. Utilizar a neutralidade do "x" também não era uma opção. Me restou seguir a gramática: deixar tudo no masculino. E escrever esta nota de conversa, para propor que nós – eu, você, Akwaeke, o livro – façamos um pacto.

Há diversas personagens importantíssimas no livro que não devem ser lidas como tendo gênero. No Inglês, são "*it*" ou "*they*" – neutras. No Português, ficaram no masculino. Todos os deuses, santos, entidades, os irmãosirmãs, os ọgbanje e os mascarados que os acordam na aldeia, nenhum deles têm gênero – a não ser quando são tratadas no feminino, ou quando seu sexo é explicitado no texto. É uma escolha deliberada: quando um *irmãoirmã* é descrito como tendo corpo (materialidade) "feminino", é tratado como "ele", "*it*" – neutro. Espaço liminar.

Entender isso é central para ler Akwaeke. A história fala exatamente sobre essa existência do meio. Ter isso em mente ao ler o livro é fundamental. Este é o pacto. Não se deixar interferir pelas marcas de gênero – aventurar-se pelo entendimento da neutralidade.

Agradeço a Editora Kapulana pela liberdade de traduzir este texto da maneira que me pareceu mais adequada para a obra de Akwaeke, e pela dedicação ao importante projeto de trazer para o Brasil literaturas de fora do cânone ocidental.

Feito isso, seguimos com a leitura do *Água doce*, um livro que também existe num espaço liminar: entre realidade e ficção.

Boa leitura.

Curitiba, 2019

*Para nós
que temos um pé
do outro lado.*

Capítulo Um

Já vivi muitas vidas neste corpo.
Vivi muitas vidas antes de me colocarem neste corpo.
Viverei muitas vidas depois de me tirarem dele.

Nós

Na primeira vez que nossa mãe veio, nós gritamos. Éramos três e ela era uma cobra, enrolada no piso frio do banheiro, esperando. Mas tínhamos passado os últimos anos acreditando em nosso corpo – pensando que nossa mãe era outra, uma humana magra com bochechas coradas e grandes óculos com lentes fundo de garrafa. Então, gritamos. As demarcações não são tão claras quando você é novo. Houve um tempo antes de termos nosso corpo, quando ele ainda estava se formando célula por célula dentro da humana magra, produzindo órgãos meticulosamente, fazendo sistemas. Costumávamos entrar e sair para ver como o feto estava, cortando pela água em que flutuava e harmonizando com as canções que a mulher magra cantava, hinos católicos de sua família, as cinzas de seus corpos armazenadas nas paredes de uma catedral em Kuala Lumpur. Nos divertíamos distorcendo o ritmo da música, enrolando-a ao redor do feto até que ele chutasse, feliz. Às vezes, saíamos do corpo da mulher magra para flutuar atrás dela e explorar a casa de que ela cuidava, seguindo-a por entre as paredes azuis, assistindo-a moldando a massa e *chapatis* borbulhando sob suas mãos.

Ela era pequena, com olhos e cabelos escuros, pele marrom-clara, e seu nome era Saachi. Nascera a sexta de oito filhos, no décimo primeiro dia do sexto mês, em Malaca, no outro lado do Oceano Índico. Mais tarde, foi para Londres e se casou com um homem chamado Saul em uma rajada de sari, véu e flores brancas. Ele era um homem forte, com um sorriso torto, pele de um marrom-escuro profundo, e cachos pretos cortados rente ao couro cabeludo. Ele cantava Jim Reeves em um barítono exagerado, falava russo fluentemente e sabia latim, e dançava valsa. Havia doze anos entre eles, mas, mesmo assim, o casal era lindo, combinavam bem, movendo-se pela cidade cinza com elegância.

Enquanto nosso corpo estava incrustado nas paredes dela, eles se mudaram para a Nigéria, e Saul estava trabalhando no Hospital Queen Elizabeth em Umuahia. Eles já tinham um menino, Chima, que havia nascido em Aba três anos antes, mas para este bebê (para nós), era importante que eles retornassem a Umuahia, onde Saul tinha nascido, e seu pai, e o dele antes disso. O sangue seguindo caminhos no solo, lubrificando os portões, transformando a reza em carne. Depois haveria outra menina, nascida em Aba, e Saul cantaria para as duas meninas em seu barítono, as ensinaria a valsar, e cuidaria de seus gatos quando elas o deixassem.

Mas antes de as meninas nascerem, eles (a mulher magra e o homem forte) viviam em uma casa grande no bairro dos médicos, o lugar com o hibisco na parte de fora e o azul por dentro. Saachi era enfermeira, uma mulher pragmática, então, contando com os dois, havia boas chances de o bebê sobreviver. Quando nos cansávamos da casa, voejávamos e mergulhávamos, brincando no condomínio e observando os ramos das batatas subindo pelas varas, a seda do milho secando com o amadurecimento, as mangas inchando e ficando amareladas antes de cair. Saachi sentava e assistia a Saul encher dois baldes com aquelas mangas e trazê-las até ela. Ela as comia desde a casca até a carne úmida até os dentes rasparem a semente como osso seco. Depois fazia geleia de manga, suco de manga, tudo de manga. Comia dez a vinte por dia, e alguns abacates grandes, cortando-os na altura do caroço e retirando o interior amanteigado, que lhe descia pela garganta. E assim nosso corpo-feto era alimentado e o visitávamos, e quando nos cansávamos do mundo deles, íamos para o nosso. Naquele tempo, ainda éramos livres. Era simples escapar, seguindo os fluxos amargos do giz.

Naqueles dias do Queen Elizabeth, o motorista de táxi era um homem que estampava o interior do carro com o slogan NÃO HÁ ATALHOS PARA O SUCESSO. As mesmas palavras, engrossando conforme os adesivos eram empilhados um em cima do outro, alguns já descascando, outros ainda brilhando. Todos os dias, Saachi deixava o filho pequeno, Chima, em casa com a babá, e o taxista a levava do condomínio até a clínica de Saul, no interior da aldeia. Naquela manhã (o dia em que morremos e nascemos), o parto começou enquanto eles dirigiam por estradas sinuosas avermelhadas. O motorista deu meia-volta, seguindo ordens arfantes, e a levou para o Hospital Aloma. Enquanto o corpo dela nos chamava e se retorcia, Saachi só conseguia pensar naqueles adesivos, aglomerados ao redor dos assentos, lembrando-a de que não existiam atalhos.

Enquanto isso, éramos puxados, arrastados pelos portões, pelo rio, e pela porta dos fundos do útero da mulher magra, empurrados para dentro da água ondulante e do pequeno corpo que flutuava nela. Estava na hora. Enquanto o feto estava abrigado, tínhamos nossa liberdade, mas agora ele ficaria sozinho, não mais carne dentro de um abrigo, mas um abrigo em si, e nós estávamos destinados a viver ali. Estávamos acostumados aos baques quentes de dois batimentos cardíacos separados por paredes de carne e líquido, acostumados à possibilidade de ir embora, de voltar ao lugar de onde viemos, livres como espíritos devem ser. Sermos isolados e trancados na consciência turva de uma mente pequena? Nos recusamos. Seria loucura.

O corpo da mulher magra tinha tendência a partos rápidos. O menino, o primeiro filho, havia nascido em uma hora, e um ano depois de nascermos, a terceira criança levaria apenas duas horas. Nós, o meio, seguramos o corpo contra o puxo por seis. Sem atalhos.

Era o sexto dia do sexto mês.

No final, os médicos introduziram uma agulha em Saachi, medicando-a intravenosamente, revidando nossa resistência com remédios, expulsando o corpo que estava se tornando nosso. Então fomos aprisionados por este nascimento estranho, esta abominação dos feitos-de-carne, e foi assim que acabamos aqui.

***

Nós viemos de algum lugar – é assim com tudo. Quando é feita a transição de espírito para carne, os portões devem ser fechados. É uma gentileza. Seria cruel não os fechar. Talvez os deuses tenham esquecido; às vezes eles são assim, distraídos. Não é malicioso – ao menos, normalmente. Mas são deuses, afinal de contas, e não se importam com o que acontece com a carne, principalmente porque ela é lenta e entediante, estranha e grosseira. Eles não prestam muita atenção à carne, exceto quando está sendo coletada, organizada e almada.

Quando ela (nosso corpo) moveu-se para fora e para dentro do mundo, molhada e mais barulhenta do que uma aldeia de tempestades, os portões foram deixados abertos. Deveríamos ter sido ancorados a ela naquele momento, adormecidos dentro de suas membranas e sincronizados com sua mente. Esse teria sido o jeito mais seguro. Mas já que os portões estavam abertos, não fechados contra lembranças, ficamos confusos. Éramos, ao mesmo tempo, velhos e recém-nascidos. Éramos ela, porém, não. Não estávamos conscientes, mas estávamos vivos – na verdade, o principal problema é que éramos um *nós* distinto, em vez de ser completamente e simplesmente *ela*.

E lá estava ela: um bebê gordo com cabelos pretos espessos e molhados. E lá estávamos, novos neste mundo, cegos e famintos, em parte presos à sua carne, e o resto de nós ficando para trás em ondas, do outro lado dos portões abertos. Sempre quisemos acreditar que foi alguma distração o que os deuses fizeram, e não negligência deliberada. Mas o que pensamos quase não importa, mesmo sendo o que somos para eles: filhos. Eles são incognoscíveis – qualquer um sabe disso – e são tão gentis com os próprios filhos quanto com os seus. Talvez até menos, porque seus filhos são apenas frágeis sacos de carne com uma alma com data de validade. Nós, por outro lado – os filhos deles, as crias, semideuses, *ogbanje* – aguentamos muito mais horror. Não que isso importe – era óbvio que ela (o bebê) ficaria louca.

Permanecemos adormecidos, mas com os olhos abertos, ainda agarrados ao seu corpo e à sua voz enquanto ela crescia, naqueles primeiros anos lentos em que nada e tudo acontece. Ela era mal-humorada, inteligente, um sol ofegante. Violenta. Gritava muito. Era gordinha e linda e insana, se qualquer um soubesse o bastante para enxergar. Eles diziam que ela puxava ao lado do pai, à avó que já era morta, por sua pele escura e cabelos pretos. No entanto, Saul não escolheu seu nome em homenagem à mãe, como outro homem talvez tivesse feito. Era sabido que pessoas retornavam em corpos renovados; acontece o tempo todo. Nnamdi. Nnenna. Mas ao olhar para dentro do escuro molhado dos olhos dela, ele – surpreendentemente, para um homem cego, um homem moderno – não cometeu este erro. De alguma maneira, Saul sabia que o que quer que o olhava através dos olhos da filha não era sua mãe, mas outra pessoa, outra coisa.

Todos pairavam no ar ao seu redor, beliscando suas bochechas e a camada de gordura debaixo delas, atraídos por ela, eles pensavam, mas, na verdade, era por nós. Mesmo adormecidos, há coisas que não conseguimos evitar, como atrair humanos. Eles nos atraem também, mas um por vez; somos seletivos. Saachi observava os visitantes se amontoarem ao redor do bebê, preocupação brotando nela como um ramo verde. Tudo isso era novidade. Chima fora tão quieto, tão tranquilo, frescor para o calor de Saachi. Perturbada, ela procurou um *pottu* e encontrou, um círculo escuro de preto aveludado, um terceiro olho portátil, e o colou na testa do bebê, naquele espaço macio de pele novinha. Um sol para afastar mau-olhado e desviar as intenções de pessoas perversas que bajulavam uma criança e ao mesmo tempo a amaldiçoavam em sussurros. Ela sempre foi uma mulher pragmática, Saachi. Havia boas chances de o bebê sobreviver. Ao menos os deuses haviam escolhido humanos responsáveis, humanos que a amavam intensamente, já que nesses primeiros anos a chance de perdê-los é maior. Mesmo assim, não justifica o que aconteceu com os portões.

O pai humano, Saul, perdeu o parto. Nunca havíamos prestado muita atenção nele enquanto éramos livres – ele não era do nosso interesse; não continha recipientes ou universos em seu corpo. Ele estava comprando refrigerantes para os convidados enquanto a esposa lutava conosco por uma libertação de outro tipo. Saul sempre foi esse tipo de homem, preocupado com status e imagem e capital social. Coisas humanas. Mas ele concedeu o nome dela e foi mais tarde, quando estávamos acordados, que ficamos sabendo disso e compreendemos, finalmente, por que ele havia sido escolhido. Muitas coisas começam com um nome.

Depois de o menino Chima nascer, Saul pedira por uma filha, então, quando nosso corpo chegou, ele deu-lhe um nome do meio que significava "Deus atendeu". Ele quis dizer deuses atenderam. Ele quis dizer que nos chamou e nós atendemos. Ele não sabia o que quis dizer. É comum humanos rezarem e esquecerem o que suas bocas conseguem fazer, esquecerem que todos os ouvidos estão escutando, que quando você direciona seus desejos para os deuses, eles podem encarar como um pedido pessoal.

A igreja havia se recusado a batizar a criança sem aquele nome do meio; eles consideram o primeiro nome anticristão, pagão. No batizado, Saachi ainda era tão magra e angular quanto em Londres, mas o estômago de Saul estava um pouco mais convexo do que antes, um inchaço estabelecido. Ele vestia um terno branco com lapelas largas, uma gravata branca deitada em uma camisa preta, e ficou observando, as mãos apertadas, enquanto o padre marcava a testa do bebê aninhado no colo da mulher. Saachi espiava através dos óculos espessos, focada na criança, com uma seriedade calma, o chapéu branco pressionando seus longos cabelos pretos, o veludo bordô do vestido austero nos ombros. Chima estava ao lado do pai, vestindo sarja verde-oliva, pequeno, a cabeça chegando apenas até as mãos de Saul. O padre seguiu falando e nós dormíamos na criança quando o gosto velho de água benta penetrou a testa dela e se estendeu para dentro de nosso domínio. Eles ficavam chamando o nome de um homem, um cristo, outro deus. A água velha o chamava e, em paralelo a nós, ele virou a cabeça.

O padre continuava falando enquanto o cristo se aproximou, espalhando fronteiras, carregando um oceano preto atrás de si. Ele passou as mãos por cima do bebê, água de romã e mel sob as unhas. Ela tinha adormecido no colo de Saachi e se agitou um pouco com o toque dele, as pálpebras tremendo. Nós nos viramos. Ele inclinou a cabeça, aquela espuma de cachos pretos, aquela pele de casca de noz, e recuou. Eles a ofereceram a ele, e ele aceitaria; não se importava de amar a criança. Água escorreu para dentro das orelhas dela enquanto o padre chamava seu segundo nome, a resposta de deus, aquele exigido pela igreja por não saberem que o primeiro nome continha mais deus do que poderiam imaginar.

Saul havia consultado seu irmão mais velho durante a escolha do primeiro nome. Esse irmão, um tio que morreu antes de podermos lembrar dele (pena; se alguém saberia o que fazer sobre os portões, seria ele), chamava-se De Obinna e era um professor que viajara por aquelas aldeias do interior e conhecia as coisas que eram praticadas lá. Diziam que ele frequentava a igreja Cherubim and Seraphim, e parece que era verdade, quando morreu. Mas ele também era um homem que conhecia as músicas e danças do Uwummiri, a devoção que se afoga em água. Toda água é conectada. Toda água doce sai da boca de uma píton. Quando Saul teve o bom senso de não dar à criança o nome da avó, De Obinna interveio e sugeriu o primeiro nome, aquele com muito deus.

Anos depois, Saul disse à criança que o nome significava apenas "preciosa", mas essa tradução é vaga e insuficiente, ao mesmo tempo correta e incompleta. O nome significava, em sua forma mais verdadeira, o ovo de uma píton.

Antes de uma amnésia induzida por cristo atingir os humanos, é sabido que a píton era sagrada, mais do que réptil. É a fonte do riacho, a carne da deusa Ala, que é a terra mesma, a juíza e mãe, criadora da lei. Em seus lábios o homem nasce e lá passa toda a vida. Ala carrega o mundo inferior repleto no ventre, os mortos flexionando e alisando sua barriga, uma lua crescente sobre sua cabeça. Era tabu matar a píton e quanto ao ovo, diziam, não se pode encontrá-lo. Pois o ovo de uma píton é cria de Ala, e a cria de Ala não é, e nunca será, feita para você.

Esta é a criança pela qual Saul pediu, a carne da oração. É melhor nem dizer seu primeiro nome.

Nós a chamávamos de A Ada.

Então. A Ada pertencia a nós e a Ala e a Saachi, e enquanto crescia, chegou um momento em que não se movia de quatro, como a maior parte dos bebês faz. Escolhia, em vez disso, contorcer-se, deslizando com a barriga, colando-se no chão. Saachi a observava e perguntava-se distraidamente se ela era gorda demais para engatinhar direito, assistindo as pregas de carne nova escorregando pelo carpete. "A criança engatinha como serpente", ela mencionou, no telefone, para a mãe, do outro lado do Oceano Índico.

Na época, Saul gerenciava uma pequena clínica no dormitório dos meninos no prédio em que eles viviam na Avenida Ekenna, Número Dezessete, feito de milhares de pequenos tijolos vermelhos. A Ada tomou uma vacina antitetânica naquela clínica quando o irmão, Chima, entregou à irmãzinha um pedaço de madeira com um prego preso e disse, "Bata nela com isso". Não acreditamos que ela faria isso, então não estávamos preocupados, mas ele era o primogênito e ela nos surpreendeu. Sangramos muito e Saul nos deu a vacina, mas A Ada não tinha cicatriz então talvez esta lembrança não seja real. Nós não culpamos a irmãzinha, porque a amávamos. Seu nome era Añuli. Ela foi a última nascida, o amém no fim da oração, sempre uma criança doce. Houve um tempo em que ela falava em uma língua que só nós entendíamos, sendo recém-chegada do outro lado (mas inteira, não como nós), então conversávamos com ela e traduzíamos para os pais do nosso corpo.

Cedo de manhã, antes de Saul e Saachi acordarem, A Ada (nosso corpo) escapava do apartamento para visitar os filhos do vizinho. Eles a ensinaram a roubar leite em pó e colá-lo ao céu da boca com a língua, despedaçando-o aos poucos, aquela doçura de cheiro de bebê. Depois de alguns anos, Saul e Saachi mudaram a família mais para frente na rua, para o Número Três, que tinha mais quartos e mais um banheiro. O Número Dezessete acabou sendo demolido e alguém construiu outro imóvel lá, uma casa que não se parecia em nada com a antiga, sem tijolos vermelhos.

Mas os tijolos vermelhos ainda estavam lá quando Saachi desfraldou nosso corpo, usando um penico com assento de plástico azul. A Ada talvez tivesse três anos, metade de seis, algo assim. Ela entrou no banheiro onde o penico estava e abaixou as calcinhas, sentando cuidadosamente, porque ela era boa nisso. Ela era boa em outras coisas também – chorar, por exemplo, que a enchia de propósito, reabastecendo todas aquelas fendas vazias. Então quando levantou os olhos e viu uma cobra enorme enrolada no piso em frente ao penico, a primeira coisa que nosso corpo fez foi gritar. A píton elevou a cabeça e parte do corpo, o resto enrolado, as escamas deslizando gentilmente em si mesmas. Ela não piscou. Através de seus olhos Ala olhava para nós, e através dos olhos de A Ada nós olhávamos para ela – todos nós olhando uns para os outros pela primeira vez.

Foi um bom grito: alto, usando quase todo o pulmão. Pausamos apenas para inspirar rajadas quentes de ar para a próxima rodada. Esses gritos foram uma das primeiras coisas percebidas por Saachi quando nosso corpo era bebê. Tornou-se piada na família: "*Aiyoh*, você tem uma bocona!".

Chima fora uma criança muito quieta, então ninguém esperava que A Ada fosse ser tão barulhenta. Depois de Saachi alimentar e banhar Chima, ela podia deixá-lo no cercadinho e ele ficaria brincando, tranquilamente, sozinho. Quando nosso corpo tinha seis meses, Saachi nos levou para a Malásia, no outro lado do Oceano Índico, pela Pakistan Airlines com escala em Carachi. A equipe entregou-lhe um bercinho para nos colocar, mas nós choramos com tanta força que Saachi deu para A Ada um pouco de hidrato de cloral para fazê-la calar a boca.

Em Aba, Chima nos encarava maravilhado porque nosso corpo gritava sempre que não conseguíamos o que queríamos. Há limitações na carne que intrinsecamente não fazem sentido, restrições deste mundo que são diametralmente opostas às liberdades que tínhamos quando acompanhávamos aquelas paredes azuis e entrávamos e saíamos do nosso corpo quando queríamos. Este mundo devia se dobrar – era como havia funcionado antes de nosso corpo deslizar por anéis e paredes de músculo, abrir os olhos e anunciar nossa chegada em um grito. Permanecemos adormecidos; porém, nossa presença moldou o corpo e o temperamento de A Ada. Ela arrancava todos os botões das almofadas e desenhava nas paredes. Todos já estavam tão acostumados à má-criação e aos gritos que quando A Ada estava encarando a cobra, petrificada de medo e projetando seu pavor pela boca, eles não lhe deram atenção. "Ela só quer as coisas do jeito dela", disseram, sentados na sala, bebendo garrafas de cerveja Star. Mas desta vez, ela não parou. Saul franziu o cenho e trocou um olhar com a esposa, preocupação em seus rostos. Levantou-se e foi atrás da criança.

Veja, Saul era um homem Igbo moderno. Ele havia estudado medicina com uma bolsa de estudos na União Soviética, e depois passado muitos anos em Londres. Ele não acreditava em bobagens, em qualquer coisa que dissesse que uma cobra significava qualquer coisa além de morte. Quando viu A Ada, seu bebê, com lágrimas escorrendo pelo rosto, chorando de medo de uma píton, um medo invernal tomou seu coração. Ele a agarrou e levou-a embora, pegou um machete, voltou e despedaçou a píton. Ala (nossa mãe) se dissolveu entre escamas quebradas e pedaços de carne; ela voltou, não retornaria. Saul estava com raiva. Era um sentimento que trazia conforto, como chinelos velhos. Ele andou de volta para a sala, a mão segurando metal ensanguentado, e gritou para o resto da casa.

– Quando aquela criança chorar, não ignorem. Vocês ouviram?! – A Ada se encolheu nos braços de Saachi, tremendo.

Ele não tinha ideia do que havia feito.

Capítulo Dois

A píton engole qualquer coisa por inteiro.

Nós

Isso é tudo, no fim, uma litania de loucura – as cores, os sons que faz em noites pesadas, o gorjeio no ombro pela manhã. Pense em breves insanidades dentro de você, não apenas as que floresceram conforme você se tornava uma versão mais alta e pecaminosa de si, mas as que nasceram com você, escondidas atrás do fígado. Considere-nos, por exemplo.

Não viemos sozinhos. Com uma força como a nossa, arrastamos outras coisas conosco – um pacto, pedaços de ossos, uma rocha ígnea, veludo gasto, e uma faixa de couro humano amarrando tudo. Este objeto composto se chama iyi-ụwa, o juramento do mundo. É uma promessa que fizemos quando éramos livres e flutuávamos, antes de adentrarmos A Ada. O juramento diz que voltaremos, que não ficaremos neste mundo, que somos leais ao outro lado. Quando espíritos como nós são colocados dentro de carne, este juramento se torna um objeto real, que funciona como uma ponte. Fica normalmente enterrado ou escondido, porque é o caminho de volta, se você compreende que a porta é a morte. Humanos com bom senso sempre procuram o iyi-ụwa, para desenterrá-lo ou arrancá-lo de carne, de qualquer lugar secreto onde esteja, para destruí-lo, de modo que o corpo de seu filho não morra. Se o ventre de Ala carrega o mundo inferior, então o iyi-ụwa é o atalho de volta para ele. Se os pais humanos de A Ada o encontrassem e o destruíssem, nunca poderíamos voltar para casa.

Não éramos como outros *ọgbanje*. Não o escondemos debaixo

de uma árvore ou dentro de um rio ou nas fundações enroladas da casa de Saul na aldeia. Não, nós o escondemos muito melhor. Nós o desmontamos e o espalhamos. A Ada veio com ossos, de qualquer modo – quem perceberia os fragmentos entrelaçados? Escondemos a rocha ígnea na boca de seu estômago, entre o revestimento mucoso e a camada muscular. Sabíamos que a atrasaria, mas Ala carrega um mundo de almas mortas dentro de si – o que seria uma simples pedra para sua filha? Colocamos o veludo dentro das paredes da vagina e cuspimos no couro humano, molhando-o como um riacho. Ele se ondulou e ganhou vida, e nós o esticamos sobre as omoplatas, colocando-o sobre as costas e costurando-o à sua outra pele. Nós a transformamos no juramento. Para destruí-lo, eles teriam que destruí-la. Para mantê-la viva, eles teriam que mandá-la de volta.

Nós a fizemos nossa de diversas maneiras, e mesmo assim esmagávamos a criança. Mesmo que nos mantivéssemos enrolados e inativos dentro dela, ela já sentia a perturbação que nossa presença causava. Dormimos tão mal naquela primeira década. A Ada vivia tendo pesadelos, sonhos aterrorizantes que a levavam de novo e de novo para a cama dos pais. Eram as horas escuras da manhã e ela despertava em um medo de suar frio e entrar no quarto deles na ponta dos pés, abrindo a porta gentilmente com um rangido. Saul sempre dormia no lado da cama mais perto da porta, com Saachi a seu lado, perto da janela. A Ada ficava ao lado da cama com lágrimas escorrendo pelo rosto, abraçando o travesseiro até um deles sentir que ela estava lá e acordar para encontrá-la soluçando no escuro, vestindo o pijama vermelho com blusa listrada de branco.

– O que aconteceu? – mil vezes.

– Tive um pesadelo.

Coitadinha. Não era culpa dela – ela não sabia o que vivia dentro de si, não ainda. Como uma criança chutando enquanto dorme, atingíamos sua mente inconsciente, mexendo-a e virando-a. Os portões estavam abertos e ela era a ponte. Não tínhamos controle; estávamos sempre sendo puxados de volta para casa, e quando ela estava inconsciente, havia mais deslize, mais impulso naquela direção.

A Ada nos surpreendeu, no entanto, quando começou a adentrar nosso domínio. Acontecia um pesadelo, suspiros cortados de medo enquanto nos batíamos, e então, em uma noite, de repente, ela estava lá ao nosso lado, observando o sonho, tentando sair. Ela tinha sete ou oito anos e seus olhos eram jovens e calculistas – ela era brilhante, mesmo antes de a afiarmos. Era um dos motivos por que Saul casara com Saachi; ele dizia que precisava de uma mulher inteligente para lhe dar filhos que seriam gênios.

No sonho, A Ada imaginou uma colher. Foi estranho, só uma colher de sopa normal, flutuando. Mas era de metal e fria, o que a tornava real. Perto dela, toda a bile que vínhamos criando era tão obviamente falsa. Ela olhou para a colher, identificou a que domínio pertencia (ao dela, não ao nosso), e acordou. Ela fez isso de novo e de novo, escapando de pesadelos. Chegou um momento em que nem precisava mais da colher. O sonho se retorcia, ficando escuro, e A Ada lembrava a si de quem era, que, sim, ela estava em um sonho cheio de horror, mas ela ainda tinha o poder de ir embora. Com isso, ela se arrastava para fora através de camadas viscosas de consciência até estar acordada, totalmente, as costelas doendo. Ela, nossa coleçãozinha de carne, tinha construído uma ponte sozinha. Ficamos tão orgulhosos. Nós a assistíamos de nosso domínio, naqueles tempos em que não estávamos prontos para acordar.

E então, um dia, chegou o despertar.

Era dezembro, durante o harmatão, quando A Ada estava na aldeia. Saul sempre levava a família para Umuecheọkụ para o Natal, e depois A Ada ia para Umuawa passar o Ano Novo com a melhor amiga, Lisa. A família de Lisa era um clã bagunceiro e barulhento, pessoas que seguravam A Ada em seus braços e lhe davam beijos de boa noite e bom dia. A Ada não era acostumada a tanto contato. Saul e Saachi não tinham o costume de abraçar, não assim. Então ela amava a família de Lisa, e foram eles que a levaram à cerimônia mascarada onde nosso despertar chegou.

Aquela noite estava preta como tamarindo aveludado, espessa de um jeito que fazia as pessoas andarem juntas umas das outras, amontoadas em um grupo que se movia até a praça da aldeia. A Ada ouviu a música antes de chegarem à multidão pulsante. Uma por uma, as pessoas ao redor começaram a amarrar bandanas e lenços sobre o nariz e a boca antes de mergulhar na nuvem de poeira onde estavam todos dançando e se jogando na música, nos sons do ekwe e do ogene.

Lisa entregou-lhe um lenço branco, o algodão caindo sobre seus dedos como a asa de uma garça. A Ada pausou na beirada, os chinelos afundando brevemente na areia pálida e pesada, e observou. A batida rápida do ekwe era alta e baixa, baixa baixa baixa, alta alta, o som forte e ensurdecedor. Lisa entrou na multidão, os olhos enrugados de riso acima da bandana vermelha enrolada no rosto. A Ada sentiu o coração cambalear com o ogene. Amarrou o lenço ao redor do rosto e os pés levantaram, arremessando-a para dentro da massa dançante. A poeira flutuava no ar, leve contra o rosto, gentilmente arranhando os olhos. Respirava na pele. Areia voejou por seus pés e a pele em suas costas comichou.

Os tambores balançavam tudo, e a multidão se separou em uma pressa frenética quando os mascarados se lançaram sobre as pessoas, brandindo chicotes e rompendo o ar. A ráfia voava selvagem ao redor deles, o couro de vaca brotando como uma fonte de suas mãos. As coleiras estavam amarradas ao redor de suas cinturas e os domadores gritavam e puxavam enquanto os mascarados açoitavam as pessoas com nítido deleite. A música cantava comandos em uma antiga linguagem herdada. Ela adentrou nosso sono, nosso repouso inquieto; nos chamava tão claramente quanto sangue.

Você já nos esqueceu?

Arrepiamos. A voz era familiar, em camadas e muito, muito metal rasgando o ar. O chão tremeu.

Não esquecemos nenhuma de suas promessas, nwanne anyị.

O ar rachou quando nos lembramos. Era o som de nossos irmãosirmãs, os outros filhos de nossa mãe, os que não atravessaram conosco. *Ndị otu. Ọgbanje.* Suas máscaras terrenas atravessavam os humanos e tinham o cheiro dos portões, calcário azedo. Cerimônias mascaradas convidam espíritos, dando-lhes corpos e rostos, e por isso eles estavam aqui, nos reconhecendo em meio a suas brincadeiras.

O que vocês estão fazendo dentro desta menina tão pequena?

A Ada levantou os braços e girou. As pessoas ao redor espalharam-se repentinamente e ela correu junto, gritando quando um mascarado se jogou em sua direção. Ele parou e levantou-se, balançando suavemente. Tinha uma cara grande da cor de ossos velhos, uma boca crua e vermelha. Estava envolto em panos roxos e equilibrava um ornamento esculpido na cabeça, pintado em cores vivas. A luz da lua se derramava sobre sua forma. Estremecemos em nosso sono, o gosto de calcário limpo passando através de nós. Irmãoirmã inclinou a cabeça e o ornamento angulou-se agudamente contra o céu escuro. Estava com raiva.

Acorde!

Com o som de sua voz, bem dentro de A Ada, mais fundo do que as cinzas de seus ossos, nossos olhos rasgaram-se. O domador do mascarado puxou a corda que estava em sua cintura e eles se afastaram. A Ada ficou paralisada por um momento até Lisa aparecer, agarrando suas mãos e girando em círculos.

Foram embora um pouco depois da meia-noite, os primos de Lisa rindo e quebrando garrafas de cerveja no chão em um jato de vidro verde. Em casa, A Ada desamarrou o lenço e o segurou, desdobrado. Havia três marcas marrons, duas para suas narinas, uma para sua boca. Queríamos que ela o tivesse guardado, mas humanos são assim.

Coisas importantes escapam no momento, quando ele está nítido e eles são jovens o bastante para acreditar que o sentimento permanecerá. Depois, A Ada lembraria daquela noite com estranha clareza como um dos poucos momentos genuinamente felizes de sua infância. Naquele momento, quando nossos olhos abriram na praça empoeirada da aldeia e acordamos no mundo dela e no nosso pela primeira vez, foi tudo puro esplendor. Éramos um, juntos, em equilíbrio por um breve momento aveludado em uma noite aldeã.

Perguntamo-nos nos anos que se seguiram o que ela teria sido sem nós, se ela ainda teria enlouquecido. E se nós tivéssemos permanecido adormecidos? E se ela tivesse ficado para sempre naqueles anos em que pertencia a si? Olhe para ela, rodopiando pelo condomínio vestindo shorts pretos de batik e uma camiseta de algodão, o longo cabelo preto trançado em dois arcos amarrados com fitas coloridas, os dentes brilhando e um chinelo arrebentado. Como um sol ofegante.

A primeira loucura foi que nascemos, que enfiaram um deus em um saco de pele.

Capítulo Três

O que é uma criança que não tem mãe?

Nós

Quando primeiro adentramos este mundo, mesmo depois de nossos olhos abrirem na aldeia, permanecemos em um nevoeiro de novidades. Éramos muito novos. Mas logo (uma questão de anos para vocês, mas nada para nós) fomos forçados a endurecer, forçados por sangue espalhado no asfalto, pela separação de um osso em três pontos, e pela migração de uma mãe.

Nossos irmãosirmãs sempre tiveram a crueldade que é nosso direito inato. Eles empilharam seu ressentimento como a colheita anual; amarraram-no com raiva, memórias longas e mesquinharias. A Ada não morrera, o juramento não fora cumprido, e nós não havíamos voltado para casa. Eles não podiam nos fazer voltar, pois estavam longe demais, mas podiam fazer outras coisas com o objetivo de reivindicar nossa cabeça. Existe um método para isso. Primeiro, recolha o coração e enfraqueça o pescoço. Faça a mãe humana ir embora. É assim, eles sabiam, que se quebra uma criança.

Saul e Saachi viviam no Número Três na época, com as crianças e a sobrinha de Saul, Obiageli. Obiageli era uma das duas filhas de De Obinna, mas ela não era como o pai, não conhecia as músicas ou danças corretas nem a fonte do riacho. Ela era cristã, decididamente, cega daquele jeito. Mas amava A Ada, e às vezes o amor é quase proteção o bastante. Quando a irmã de Obiageli veio visitar, Obiageli deixou que ela cuidasse das crianças. Saachi tinha uma regra: os filhos não saíam de casa a não ser que estivessem com ela ou Saul. Ela era uma mulher pragmática, então havia boas chances de a criança sobreviver.

Além disso, as má-criações da infância de A Ada haviam se tornado sérios problemas de mau humor. Ela se enraivecia com facilidade, batendo portas e brigando com Chima e Añuli, o peso crescente de seu corpo ricocheteando pelas paredes da casa. A raiva se metamorfoseava ardentemente, tornando-se ataques de choro descontrolado, até os pulmões se cansarem. Ela era violenta, e anos mais tarde, mesmo a mãe humana teve medo. Saachi não conseguia disciplinar as crianças do mesmo jeito que Saul e Obiageli, não pelo medo, não como uma nigeriana. Mas comandava a casa com mão de ferro; era dura com qualquer um que não tivesse seu sangue, e na maior parte do tempo ninguém nem sonhava em quebrar as regras.

Essa prima, porém, estava só visitando. O sal de cozinha acabara e ela precisava ir até a loja para comprar mais, então quebrou as regras e tirou as meninas de casa, porque elas imploraram para sair com ela naquela tarde barulhenta e quente. Era para ser uma saída rápida, apenas atravessar a Okigwe Road. Só o que precisavam fazer era virar à esquerda quando saíssem do portão, passar pelo homem que vendia doces no Número Sete, virar à esquerda novamente no portão vermelho, e andar até chegar na rua principal.

Durante todo o caminho, Añuli ficou falando sobre atravessar a rua sozinha; ela já tinha visto outras crianças pequenas atravessando e não sabia por que não podia. Elas chegaram à esquina onde as mulheres vendiam milho e batata doce e ube assados no carvão, e esperaram para conseguir atravessar. A Ada manteve a mão dentro da palma fechada da prima, mas Añuli olhou para a esquerda, se soltou e saiu correndo, pequena, seis anos, pela rua. Uma picape azul clara veio da direita e bateu nela com o som do mundo parando.

A Ada berrou ao ver Añuli cair no asfalto escuro. A picape não conseguiu parar. O motorista tentou, mas os freios não funcionaram, a picape não conseguiu parar, nem por ela, nem por aquela criaturinha de seis anos, pela camiseta da Pantera Cor-de-rosa e shorts, pelo algodão preso no chassi de metal, pelos chinelos de borracha arrancados dos pés, ou pelos ombros e coluna enganchados no esqueleto do carro. Ele arrastou seu corpinho dourado para longe, pela rua, espalhando sangue em marcas de pneu queimado. Não lembramos (A Ada e nós) dos sons da nossa boca, nossos próprios gritos, nem dos da prima. Não lembramos como atravessamos a rua, quem ficou por ali, quem foi e desenganchou o pano rosa manchado do chassi, o que o motorista da picape disse, quando o vizinho de Saul chegou com a caminhonete, quem levantou o corpo acordado de Añuli da estrada e colocou-o no banco de trás, ou quantas pessoas estavam no carro.

Mas lembramos de como, no carro, nosso corpo se virava para olhar para Añuli berrando atrás do banco do motorista, a perna escavada do joelho ao tornozelo até o osso, quente e vermelho e jorros com choques de branco. As meninas eram espelhos, se vestiam igual, quatro chifres curvados nas laterais de duas cabeças, antes de o carro separá-las. A Ada estava desesperada, gritando, tentando pensar em como consertar a situação, em quem poderia ajudar.

– Vamos para o hospital do meu pai, por favor – A Ada chorou. Os homens no carro não ouviram: A Ada tinha oito anos e estava errada. Eles levaram Añuli até o pai de Lisa. Ele era um cirurgião ortopédico, não ginecologista, como Saul. A placa luminosa do hospital estava quebrada porque alguém havia arremessado uma pedra nela durante um dos protestos, e o prédio cheirava a antisséptico forte e carne podre. Alguém deu uma Pepsi para A Ada e a levou para a casa de Lisa, que ficava ao lado, enquanto a mãe de Lisa mandava o motorista buscar Saachi. Quando chegou, a mãe humana entrou na sala de emergência e olhou para a filha mais nova, a perna aberta na mesa de exame. A camiseta de Añuli, estampada com a Pantera Cor-de-rosa, tinha sido cortada para expor o peito e estava escura de sangue. Saachi chorou e chorou e nossos irmãosirmãs sorriram maliciosamente observando a quebra que haviam iniciado.

Saul estava em uma oficina mecânica, e quando chegou ao hospital, Añuli pediu que ele lhe desse uma injeção para que ela pudesse morrer. Ela ouvira os médicos dizerem que queriam amputar a perna, e mesmo que fosse pequena, já tinha certeza do que não lhe podia faltar neste mundo para sobreviver. Saul engoliu o choro enquanto a consolava, depois deixou que usassem seu sangue para as transfusões. Eles levaram A Ada para casa, e por três dias ela se recusou a visitar a irmã. Nossos irmãosirmãs ficaram satisfeitos. Amor por um humano ameaça o juramento e faz espíritos quererem ficar quando têm dívidas, quando devem voltar.

Finalmente, Saachi sentou com A Ada.

– Me diga – disse. – Por que você não quer ir até o hospital?

A Ada começou a chorar.

– Foi minha culpa...

Saachi olhou para ela, confusa.

– Ada, não é sua culpa o carro ter batido nela.

– Eu sou a irmã mais velha... É meu d-dever... p-protegê-la... – ela desabou em choro e Saachi colocou o braço ao redor dela, segurando a criança e sentindo os ombrinhos se curvarem com os soluços. Percebemos, mais tarde, que ela sempre estivera incerta sobre a primeira filha, sobre o que fazer com ela, como acalmar tamanha força. É compreensível; é sempre assim com os *ọgbanje*, é difícil para as mães. Se pudéssemos voltar, diríamos a Saachi o que ela só percebeu anos depois: que nenhuma das maneiras como ela tentou cuidar desta criança pareceria o bastante, nunca.

– Não é sua culpa – Saachi repetiu.

A Ada ficou quieta, mas não acreditou. Deveres são deveres. Concordamos com ela. Nos anos seguintes, nós (A Ada e nós) ficamos bons em proteger Añuli, exceto por uma terrível desatenção na qual, por um longo tempo, esquecemos de protegê-la de nosso-eu.

No hospital, eles cobriram a perna do amém com gesso Paris. Eles usavam uma lâmina mecânica para cortar o gesso sempre que precisavam trocá-lo, e passavam açúcar e mel na ferida. Nas primeiras vezes, deram-lhe narcóticos para controlar a dor, mas tiveram que parar, e ela gritava e gritava até o curativo estar pronto. Depois de acabado, ela ria. Para nossa surpresa, ela não era um ser que os irmãosirmãs conseguiriam quebrar facilmente.

A família de Saul veio de Umuahia para vê-la no hospital, e mulheres velhas que estavam na mesma enfermaria saíam de suas camas para ficar perto de Añuli.

– Chai – elas diziam tristemente –, que criança linda!
– Ewo!
– Que tristeza!

Depois de mais ou menos uma semana disso, Añuli perguntou para Saachi se ia morrer. A mãe humana olhou para ela, essa garotinha que falava tão confortavelmente sobre a morte. Mas nós não estávamos surpresos. Ela não tinha passado pela menina naquela estrada de asfalto ensanguentado? Añuli não tinha medo. Nossos irmãosirmãs a tocaram e ela viveu. Ela fez esta pergunta para Saachi porque pensou que os visitantes estavam lá lamentando sua morte iminente, e ficamos impressionados com este conceito, o luto pelo fim da respiração quando ela ainda está no corpo. Afinal de contas, já que havíamos nascido para morrer, a vida de A Ada era um substituto, um interlúdio; fazia sentido começar a sofrer agora.

A Ada tornou-se uma criança precoce, mas facilmente machucada, constantemente perfurada pelo mundo, por palavras, pelas zombarias de Chima e seus amigos, que riam do corpo dela por ser macio e redondo. A realidade era um lugar difícil para ela habitar, como era de se supor, com um pé do outro lado e portões no caminho. Nós nos retorcíamos bem dentro dela, revivendo o sangue no banco de trás de novo e de novo até o vermelho pintar tudo por dentro. Você tem que entender que o acidente de Añuli foi um batismo com o melhor líquido, aquela cor-mãe, e depois um movimento de coagulação, uma visão atrapalhada da mortalidade e da fraqueza do recipiente. Com nossos novos olhos inchados, enxergamos o sangue e entendemos que era um manto.

E esperamos.

As coisas não estavam fáceis para Saachi. Elas nunca são quando você é o tipo de mulher que é escolhida – é só perguntar para qualquer mulher que gestou um deus e o cuspiu para um mundo selvagem. Quando Añuli nasceu, Saachi ficou doente. A Ada estava focada em suas má-criações na época – desenhar nas paredes e destruir as almofadas de couro marrom, puxando os fios. Chima estava na escola; ele tinha começado o primeiro ano na Faulks Road. Saachi estava se afogando em ansiedade, que chacoalhava o peito e subia pela garganta. Fazia as mãos tremerem e ela começava a chorar e não conseguia respirar. Saul não ajudava. Ele era um homem impaciente, um homem cego. As crianças sempre foram mais de Saachi do que dele.

– Eu não posso ficar com você em casa! – ele disse para a mulher em pânico. – Tenho meu trabalho. Se você tem uma doença mental, vai ter que ir para Londres.

E foi isso. Saachi teve que recorrer às amigas, mulheres que haviam nascido em outros países e que, como ela, acompanharam os maridos até esta cidadezinha violenta. A amiga Elena vinha ver como ela estava e a mãe de Lisa mandava uma menina à noite para fazer companhia, porque Añuli era só um bebê e Saul se negava a ficar em casa e Saachi estava se afogando. Nossos irmãosirmãs já sabiam disso, sabiam quais eram os pontos fracos da família de A Ada, onde podiam forçar para quebrar. Isso foi no Número Dezessete, nos tijolos vermelhos, e no dia seguinte Saachi pegou os três filhos e os levou para a casa de Elena. Ela os deixou lá e foi para um hospital, onde ficou por duas noites.

Os médicos recomendaram que ela não ingerisse nenhum estimulante, e quando saíram do quarto, um deles, uma mulher, ficou para trás e perguntou para Saachi, gentilmente e baixinho, se estava tudo bem em casa. Porque era estranho, veja, os ataques de pânico e o fato de Saul não estar lá. Saachi disse que tudo estava bem. Não sabemos se ela estava mentindo, mas a médica receitou medicamentos para acalmar os batimentos cardíacos, e depois da segunda noite Saachi recebeu alta, recolheu as crianças e voltou para o Número Dezessete. Ela prometeu a si mesma que nunca mais ficaria naquele estado. Todos os dias, por um mês, enquanto A Ada e Chima brincavam sozinhos, Saachi colocava Añuli no chão em um tapete trançado, deitava no sofá e se cobria com o cobertor de akwete de Chima, escondendo até a cabeça, formando uma caverna escura. A ansiedade se enrolava no peito como um gato e ronronava pelos ossos. Ela se escondia e se escondia, e Saul não a encontrava porque, como havia deixado claro, não podia ficar em casa e, então, não estava procurando.

É como dissemos – as coisas não estavam fáceis para ela. Enquanto ela se afogava, os anos passaram e a família de A Ada mudou-se para o Número Três. Aí aconteceu a picape e o amém e o impacto e o sangue. Quando Añuli voltou a andar, Saachi disse que ela precisaria de cirurgia plástica, enxertos de pele para o rio de cicatrizes brilhosas que se estendia pela perna até o pé. Ela levou Añuli de volta para a Malásia para ver alguns médicos; deixou A Ada para trás. Enquanto viajava, Saachi falou com um agente de enfermagem que lhe ofereceu um emprego na Arábia Saudita.

Há muitas maneiras de quebrar uma família e isolar uma criança – nossos irmãosirmãs sabiam disso. Saul, por exemplo, se importava mais com si mesmo, então nunca protegeria A Ada, e era humano demais para representar qualquer ameaça para os irmãosirmãs. Depois de alguns contratempos em sua carreira em Londres, ele ficara feliz de acabar na Nigéria, onde era visto como um homem importante, vindo de fora com sua Mercedes Benz com placas customizadas. Ele precisava que as pessoas o vissem brilhar; desejava algum tipo de glória. Quando Saul recebeu a chefia, foi como se tivesse sido mergulhado em prata, como se estivesse finalmente tão cintilante quanto sempre quisera. Ele gastou muito dinheiro em coisas novas para si, dinheiro que se recusava a gastar de outros jeitos, como com a família. Saachi teve que costurar o traje tradicional para a cerimônia usando um sari velho como base. Eles brigavam por isso e outras coisas, como o fato de Saul se recusar a comprar suprimentos necessários para a casa. Enquanto a clínica dele passava por dificuldades, Saachi transferia dinheiro das próprias contas em Londres. Imediatamente depois da cerimônia de chefia, em vez de receber os convidados que vieram parabenizar Saul, Saachi levou as crianças para Onitsha para visitar uma amiga e deixou um bilhete para o marido.

"Você pode ser um chefe", escreveu, "mas não é um deus".

Ela estava correta, ainda mais do que pensava. Ele não era um deus. Ele tivera que rezar para um para receber A Ada; ela não era uma criança que ele conseguiria criar sozinho. Ainda assim, Saachi deu-lhe muitas chances, janelas e janelas, maneiras para ele se provar merecedor. Na Malásia com Añuli, depois da oferta de emprego, Saachi ligou para ele.

– O que você acha? – disse. – Devo aceitar? Você conseguiria cuidar das crianças?

– Vamos falar sobre isso quando você voltar – ele respondeu.

Então ela voltou para a Nigéria com o amém e, àquela altura, A Ada, que nunca passara tanto tempo longe delas, quase não as reconheceu. Nós, no entanto, já sabíamos que esquecer pode ser uma proteção.

Saul pagara pela viagem, e quando Saachi contou que os médicos não haviam recomendado a aplicação de enxertos de pele para a cicatriz de Añuli, dizendo para deixá-la como estava, Saul bufou. "Então só perdi meu dinheiro, uma viagem por nada", disse, e se afastou.

Saachi olhou para suas costas orgulhosas, depois olhou para as contas bancárias e para a família e fez uma escolha. Era mais fácil se libertar pelos filhos do que por ela – ela fez coisas por A Ada que Saul nunca teria feito. Nós a aceitávamos por isso. Ela aceitou o emprego e foi embora da casa no Número Três e, no fim das contas, nunca mais morou lá.

Nossos irmãosirmãs regozijaram do outro lado – eles tinham conseguido afastá-la. Nenhum deus interviria, porque *ogbanje* têm direito a suas vinganças; é da natureza, são espíritos maliciosos. Além disso, havia muitos jeitos de se olhar para o que aconteceu. Nossos irmãosirmãs quebraram o coração de Saachi, sim, mas eles também a libertaram, soltando-a do cobertor de akwete a que Saul a condenara. Se eles não tivessem jogado a filha mais nova na rua, ela nunca teria escapado. Eles queriam puni-la: levaram seus filhos, encheram sua boca de areia. Mas só um tolo não sabe que a liberdade se paga em velho sangue coagulado, em novas colheitas de sangue, em novos sacrifícios. Se Saachi não sabia disso antes, carregar a cria de um deus com certeza a ensinou. Essas lições nunca são fáceis.

Os cinco anos seguintes de sua vida foram contratados na Arábia Saudita, e quando o contrato acabou, Saachi ligou para Saul.

– O que você acha? – perguntou. – Devo voltar para a Nigéria ou tentar a sorte em Londres?

Saul já havia partido de todas as maneiras que importavam, então não foi nenhuma surpresa ele dizer nada, a boca um espaço cinza. Saachi estava sozinha, e sabia que mesmo que Saul odiasse o dinheiro que ela ganhava, ele precisava dele. Achávamos que ele era fraco; sabíamos que ele só tinha sido escolhido porque daria os nomes certos para A Ada. Não prestávamos atenção nele.

Em face à sua resposta cinza, Saachi foi para Londres, só para ver como era e se, talvez, ela poderia mudar com todos para lá. Mas quando uma depressão a agarrou, ela foi embora e voltou para seus desertos, para a Arábia Saudita. Quando o último contrato acabou, a mãe humana já havia passado dez anos lá, de Riade para Jidá e, finalmente, até as montanhas de Taif. Ela voltava para a Nigéria uma ou duas vezes por ano trazendo malas com cheiros despreocupados e estrangeiros. Deixava para trás o sacrifício de três filhos amarrados a um altar com tendões fracos, e pagaria o custo disso pelo resto da vida.

E é assim que você quebra uma criança, sabe. Primeiro passo: leve a mãe embora.

Capítulo Quatro

Na cultura antiga, teriam havido ritos e rituais
para controlar os portões.
Não foram realizados ritos nem rituais para controlar os portões.
Você é a joia no coração do lótus.

Nós

Todas as loucuras, cada uma tão ofuscante, todas elas podem ser conectadas aos portões. Aquelas monstruosidades esculpidas, aqueles portais de calcário e giz, que existem em todo e nenhum lugar ao mesmo tempo. Eles se abrem, coisas nascem, eles se fecham. A abertura é fácil, um empurrão, uma expansão, uma inalação: a poeira da divindade liberada no mundo. Tem sido um canal temporário, no entanto, uma coisa que se fecha depois, porque os portões fedem a sabedoria, não podem ser deixados abertos, balançando como uma boca frouxa, vazando irrefletidamente. Isso contaminaria o mundo humano – corpos não devem lembrar de coisas do outro lado. Existem regras. Mas eles são deuses e se movem como água quente, então as regras são suavizadas e esticadas. Os deuses não se importam. Não são eles, afinal, que pagarão a conta.

Fomos enviados descuidadamente, com uma rede de sabedoria emaranhada em nossos tornozelos, não o bastante para nos dizer qualquer coisa, só o bastante para nos fazer tropeçar. Acontecem muitas negligências como essa – pequenos deuses enlouquecendo por aí, andando pelas praias com cabelos sujos e testículos inchados. Irreconhecíveis, rindo com dentes marrons enquanto cavocam pilhas de lixo, os seios espichados, e gemendo. É assim que as coisas ficam quando a carne não pega, quando se pode vê-los rejeitando os enxertos de realidade. Mas às vezes a carne pega bem demais, como aqueles que passaram pelos portões e enlouqueceram

Nós

de modo muito mais são, muito mais aterrorizante, encontrando a maldade humana com uma colisão de deleite, perdendo-se no vermelho fibroso da mortalidade. Eles fizeram coisas atrozes e deliciosas com pessoas rasgadas, com crianças chorando e berrando: eles quebraram e enterraram corpos, eles se esconderam em pais e maridos, em mães e primas, eles arrancaram e usaram e ficaram excitados. Foram longe demais. Levaram até onde um deus vai. Por essas razões, deveria haver uma regra contra enfiar a prole de deuses dentro de uma gaiola de carne. Mas eles nos atraem, os humanos, eles nos puxam para perto. São tão cheios de potencial e ainda assim tão vazios, com espaços debaixo da pele e dentro da espinha, tanto espaço para bocejarmos e existirmos. Eles podem ser dominados, marcados, consagrados, fodidos, e depois, às vezes, deixados.

Desculpe, parecemos dispersos. Fomos ejaculados para um limbo inesperado – muito intermediário, muito deus, muito humano, muito meio espírito bastardo. Semente divina, sabe. Não costumávamos ficar sozinhos, não no ventre do mundo inferior de Ala, acomodados com os outros, os irmãosirmãs. Cada vez que saíamos, prometíamos voltar, prometíamos nunca ficar muito tempo do outro lado, prometíamos lembrar. Flutuávamos suavemente na época, como pasta de palma, vermelha e espessa. Nossa mãe era o mundo, como ainda é. Mas então ela resolver responder às preces de um homem e nossa suavidade foi interrompida pelo grão de seu barítono. "Me dê uma filha", disse. "Senhor Pai, me dê uma filha."

Às vezes o único deus que escuta sua prece é o que pretende atendê-la. Nunca conseguimos entender por que Ala atendeu esta, este pedido em particular, em meio a milhares de outros; por que ela prestou atenção neste embrulho de palavras. Talvez ela tenha percebido a prece enquanto saía da boca de Saul; talvez a tenha escolhido por um capricho, só para lembrar ao mundo que ela ainda estava lá, a dona dos homens. Depois de os corruptores quebrarem seus santuários e converterem seus filhos, quantos ainda chamavam seu nome?

Refletimos sobre isso porque tem de haver um motivo, um propósito para isso, uma razão para termos sido jogados através do rio, guinchando e nos debatendo. Deve haver um raciocínio por trás desta armadilha, de termos de aturar este excesso de humanidade. Sobre isto, nossa mãe, Ala, permanece em silêncio. Tudo que sabemos é que houve uma prece, que A Ada era a resposta, que nosso *iyi-ụwa* estava completamente escondido em seu corpo, transformando-a na ponte entre este mundo e o nosso. O resto é uma estrada que se estende para desconhecidos. Fomos sentenciados a aqueles portões bocejantes entre mundos, deixados selvagens, crescendo para todos os lados, mas fechados. Portões abertos são como feridas que não param de doer: eles infectam com fendas, brechas, amplitudes. Espaço onde não deveria haver nenhum. Deveríamos ter nos misturado com A Ada quando ela nasceu, mas em vez disso havia uma lacuna vazia em frente, amarga como noz-de-cola, uma extensão de nada. Um espaço como este não pertence na mente.

Nós conseguíamos ignorá-lo enquanto estávamos adormecidos, mas depois de acordarmos na aldeia, nossos olhos se abriram e tornaram-se mundos inchados com nuvens no lugar da íris; as pupilas eram vasos sem fundo. Enxergávamos tudo. Quando Saachi foi embora, vimos como as crianças cambalearam, como A Ada refugiou-se ainda mais na mente, mais perto de nós. Enraizou-se como se tivesse perdido o rosto, apegando-se à dor no coração que só uma criança sente, chorando e pedindo que a mãe voltasse, voltasse, por favor, que voltasse. Esforçamo-nos em resposta, ganhando vida não só por nosso-eu, mas por ela. A Ada era tão pequena, tão triste. Nunca deveria ter sido deixada sozinha. Ela veio nos procurar porque estava atrás de qualquer um, porque era perseguida pelo espaço, cinza e maligno, frio como giz.

Ela até tentou rezar. Eles tinham começado a levá-la à missa todo o domingo, explicando a ela sobre o cristo, o homem que era homem e não. Ela tinha lido histórias sobre como ele aparecia para os seguidores, os que tinham fé, então rezou. Pediu a ele que descesse e a abraçasse, só um pouquinho. Teria sido fácil para ele porque ele era o cristo e significaria tanto para ela, tanto mesmo, só esse pequeno gesto, porque ninguém, veja bem, ninguém mais estava fazendo isso, a abraçando. Além disso, ela o amava e era uma criança, e mesmo que não fosse, ele a amaria de qualquer jeito, mas já que ela era, isso era um extra porque ele amava as crianças acima de todos, então por que não podia descer e abraçar uma delas, só um pouquinho?

Nós o conhecíamos; sabíamos que o nome dele era Yshwa, sabíamos que ele se parecia com todos, ao mesmo tempo, em qualquer momento. O rosto dele mudava como um espírito. Também sabíamos que era impossível para ele não a ouvir. Ele escuta todas as preces balbuciadas berradas cantadas para ele. Mas, ao contrário do que acreditam, não é comum que as responda. Yshwa também nasceu com portões abertos, nasceu com uma língua profética e mãos que ele trouxe do outro lado. E mesmo que ame os humanos (ele nasceu de uma, viveu e morreu como um), o que eles esquecem é que ele os ama como um deus, quer dizer, com gosto pelo sofrimento. Então ele assistia A Ada chorar até dormir com seu nome errado e o nome da mãe presos nos lábios. Ele passava as mãos pela curva de sua fé e sentia a força, que permaneceria inabalável quer ele viesse, quer não. E mesmo que não permanecesse, Yshwa não pretendia se manifestar. Ele havia suportado a abominação do físico outrora e fora o bastante, nunca mais. Nem pelas crianças inconsoláveis que sofriam mais do que ela, nem pelo mundo caindo de um precipício, nem por um pão ensopado de mel. Nós nos ressentíamos dele por isso. Quando seus dedos chegavam perto demais, nós os atacávamos com mordidas, e Yshwa recuava, achando graça, e voltava a assistir.

Fizemos nosso-eu grande e forte por A Ada, tentamos, porque ela estava se solidificando em algo perdido e sozinho.

Ainda éramos muito fracos, como recém-nascidos quase sempre são, mas estávamos determinados a criar senciência, a colocar nosso-eu de pé, nos apoiando nas laterais da mente dela. Não poderíamos ter feito isso se ela não fosse o tipo de criança que era, disposta a acreditar em tudo.

Saul e Saachi permitiram que A Ada tivesse uma infância que foi, em uma cidade cheia de morte, extraordinariamente inocente. Eles não acreditavam em interferir na imaginação da criança, então quando A Ada terminou um de seus vários livros e decidiu que conseguia falar com animais, ninguém a corrigiu. "Não há mal em deixá-la acreditar nisso", Saul disse, e A Ada continuou a crer de forma radical, em Yshwa e fadas e duendes que viviam nas chamas dos brotos nas florestas. Ela acreditava que o topo da árvore de jasmim-manga do quintal podia ser um portal para outro mundo, e que toda a magia estava armazenada lá fora em folhas e troncos e grama e flores. Essas coisas nas quais ela acreditava significavam que, mesmo que ela não soubesse ainda, ela conseguiria acreditar em nós.

E então nos fortalecemos, porque a fé, para seres como nós, é o colostro da existência. Depois que Saachi foi embora, A Ada se afundou ainda mais nos livros, por instinto, separando-se deste mundo e desaparecendo em outros. Ela lia em todo lugar: no banheiro, na mesa de jantar, na biblioteca, antes da aula todas as manhãs. Não é claro o quanto estes livros podiam salvá-la.

Enquanto isso, Ala continuou a observar a filha. Afinal de contas, A Ada era sua cria, seu solzinho sedento por sangue, coberta de escamas translúcidas. Estávamos aprendendo que a corporificação era ser o altar e a carne e a faca. Às vezes, os deuses só querem ver o que você vai fazer.

Deixe-nos dar um exemplo. Quando A Ada tinha dezessete anos, ela estava morando nos Estados Unidos, em uma cidadezinha nos Apalaches. Saachi a enviara para lá, para a universidade, e

A Ada teria ficado sozinha, mas nós estávamos com ela, estávamos sempre com ela.

Uma noite, acordamos com o coração de nosso corpo acelerado, o ar ricocheteando ruídos. Levamos um tempo para lembrar de onde estávamos, que não morávamos mais em Aba, que estávamos em um lugar novo. Nosso corpo estava deitado em uma cama de solteiro em um quarto compartilhado, e um menino magro, escuro e musculoso estava correndo para fora dele, nos deixando sozinhos em seus lençóis. Ele atendeu as batidas frenéticas na porta e acendeu a luz, enchendo o cômodo de amarelo. O colega de quarto dele olhou para nosso corpo, para A Ada, de sua cama, encostada na parede do outro lado do quarto. Ele era da cor de manteiga e os olhos eram azedos e famintos. Havia uma garota do Leste Europeu na porta, uma corredora *cross-country*, uma *legging* apertada colada às pernas. O corpo todo estava respingado com generosas quantidades de sangue. Um pouco estava secando no rosto, perto dos olhos dilatados, e ela estava contando ao menino escuro sobre outro corredor que penetrara uma janela com o braço. O vidro o penetrara de volta, o que explicava sua coloração extravagante. O menino azedo pulou da cama, e assistimos aos dois colocarem camisetas sobre os torsos esculpidos. A Ada saiu também, e os seguimos para fora do quarto e escada abaixo, nossos olhos acompanhando as gotas de sangue espalhadas em cada degrau, e pelo corredor. Os atletas não paravam de falar e desaceleramos até que ficássemos para trás, então demos meia-volta e corremos escada acima – gota gota gota, respingos na parede – passando pelo quarto do qual saímos, subindo a próxima escadaria – gota gota, mancha. No segundo degrau, a encontramos – uma poça, uma piscina, um espelho, uma pequena capa. Profunda como uma perda.

Olhamos ao nosso redor para certificar que estávamos sozinhos, que ninguém estava assistindo, mas éramos somente A Ada e nós e antigos corrimões e carpete gasto. Dobramos os joelhos e nossa respiração estava fraca, a adrenalina fluindo rápida; esticamos o braço de A Ada até nossos dedos tocarem a superfície da poça, do sangue parado e exposto, com uma pele calma. Ele já estava mudando de ideia sobre ser líquido, esfriando agora que não estava mais pulando feliz pelas veias do menino. Deslizamos os dedos pelo topo endurecido, e então A Ada levantou e nos afastamos, para longe do ímpeto aterrorizante de querer mais, muito mais.

O problema de ter deuses como nós acordando dentro de você é que nossa fome também se levanta e alguém, veja bem, terá que nos alimentar. Antes da universidade, A Ada iniciara os sacrifícios necessários para nos aquietar, para impedir que a deixássemos louca. Ela tinha apenas doze anos na época, estava sentada no fundo da sala de aula e colocou a mão sobre a mesa, a palma toda encostando na superfície.

– Olhem – ela disse para os colegas, que se viraram, apenas ligeiramente interessados. – Olhem o que eu consigo fazer.

Ela levantou a lâmina que havia retirado dos produtos de Saul para fazer a barba, aquela música de dois gumes embrulhada em papel manteiga, e deixou-a cair sobre a pele das costas da mão, em um golpe de lamúria. A pele abriu-se suspirando e houve uma pálida linha branca que enrubesceu em umidade vermelha e furiosa.

Ela não lembra do rosto dos colegas depois do que aconteceu, porque nós a completamos totalmente, expandindo em gozo, a recompensando por entalhar a si mesma por nós. Ela passaria mais doze anos tentando ser as penas arrancadas em uma estrada de lama, a ardência do gin encharcando o umbral. Aos dezesseis, quebrando um espelho para furar a carne com o vidro. Aos vinte, enquanto cursava medicina veterinária, depois de passar longas horas separando a pele de músculos mortos e levantando delicadas folhas de fáscia, ela retornava para o quarto e usava um bisturi novo no braço esquerdo cheio de cicatrizes. Qualquer coisa, veja, que faria aquela carne pálida secreta cantar a cor-mãe viva.

Antes, quando dissemos que ela ficou louca, mentimos. Ela sempre foi sã. É só que ela foi contaminada por nós, um parasita divino com muitas cabeças, rugindo dentro do cômodo marmóreo que é sua mente. Todos conhecem as histórias de deuses famintos, deuses ignorados, amargos, rejeitados, deuses vingativos. Primeiro dever, alimente seus deuses. Se eles vivem (como nós) dentro do seu corpo, encontre uma maneira, seja criativo, mostre a eles o vermelho da sua fé, da sua carne; aquiete as vozes com a canção de ninar do altar. Não é como se você pudesse escapar – para onde você correria?

Tínhamos escolhido a moeda com que A Ada nos pagaria no asfalto da Okigwe Road, na perna de Añuli destroçada, e ela pagou rapidamente. Depois do sangue, nos aquietávamos, temporariamente saciados. Nada disso era fácil para nós, existir dessa maneira, emaranhados em dois mundos. Não foi nossa intenção machucar A Ada, mas fizemos um juramento e nossos irmãosirmãs estavam nos puxando, gritando que voltássemos. Os portões estavam errados, estava tudo errado, não íamos morrer ainda. Mas eles continuavam nos puxando, eles nos faziam gritar, e nos batíamos contra a mente marmórea de A Ada até ela nos alimentar e aquela oferta espessa e vermelha soava quase como nossa mãe – devagar, devagar, nwere nwayọ, vá devagar.

A Ada era apenas uma criança quando estes sacrifícios começaram. Ela partiu a pele sem entender direito o porquê; as complexidades da autoadoração lhe escapavam. Ela fazia o que precisava e não pensava muito nisso. Mas ela acreditava em nós. Saachi trazia cadernos vazios da Arábia Saudita e A Ada os enchia com tinta azul. Foi neles que ela nos nomeou, intitulando-nos pela primeira vez. Nossas formas eram jovens e indistintas, mas esta nomeação foi um segundo nascimento, nos organizou em algo que ela conseguia enxergar. O primeiro de nós, Fumaça, era um cinza complicado, camadas e profundidades em espirais, mantido com dificuldade em uma vaga forma humana. Levantávamos nossos braços esfumaçados, dedos atrapalhados explorando um rosto vazio e flutuante. O segundo, Sombra, era de um preto profundo, encostado na parede de forma maligna, pitadas de outras cores (olhos cor-mãe, dentes amarelados) que nunca ultrapassavam a completude da noite. A Ada nos criou e continuou a nos alimentar. Sangue e fé. Assim começou a segunda loucura.

Capítulo Cinco

Você consegue rezar dentro do próprio ouvido?

Nós

Depois que ela nos nomeou naquele segundo nascimento, nós nos sentimos ainda mais próximos à A Ada. Isso não é normal para seres como nós; nossos irmãosirmãs normalmente têm pouca ou nenhuma conexão com os corpos pelos quais passam. A Ada deveria ser nada mais do que um peão, um construto de osso e sangue e músculo, uma arma contra a mãe. Mas éramos leais a ela, nosso recipientezinho. Se alguém nos pedisse para pegar um pedaço de giz e demarcar onde ela acabava e nós começávamos, seria difícil. Na época, não sabíamos o tamanho da traição que isso significava para nossos irmãosirmãs.

Nosso terceiro nascimento aconteceu na Virgínia, depois de A Ada se mudar para os Estados Unidos. Uma música nos seguiu até lá, por entre as montanhas, até a próxima separação. Começou na Suécia, e depois foi achatada em um CD e comprada na Alemanha, empacotada no frio de uma mala e carregada para a umidade da Nigéria. Lisa a desempacotou lá e deslizou-a para dentro de um tocador de CD em sua casa em Aba, ao lado do hospital do pai, onde Añuli havia sido operada. Lisa e A Ada escutaram a música de novo e de novo. A cantora era uma moça chamada Emilia e a voz dela passeava pelo quarto de Lisa como uma asa. Quando A Ada se mudou, levou a música em uma mala e a tocava alto na Virgínia.

Em outro mundo, nosso terceiro nascimento teria acontecido na Luisiana, em meio àqueles espíritos pantanosos, na boca de um jacaré. Uma instituição lá oferecera à A Ada uma bolsa integral, mas Saachi nos tirou desse caminho, desviando para evitar um cemitério, e enviou A Ada para a Virgínia em vez disso. Era uma universidade menor, seria mais tranquilo, e ela pensou que a menina teria mais segurança. Enquanto fazia essas escolhas, Saachi tentara sentar com Saul na sala de jantar, debaixo da pintura de um cristo de olhos tristes, para planejar o futuro dos filhos, que programas eles seguiriam, para que países seriam perdidos. Mas Saul virara as costas há muito tempo – nós podíamos ter esclarecido isso para Saachi.

– Por que você não tem interesse em fazer esses planos para eles? – Saachi perguntou, dor e frustração vazando das quebras em sua voz. Ela queria incluir Saul; estava cansada, arrancada da família, e queria que ele se importasse, que ajudasse. Mas Saul era um homem rancoroso.

– Para quê? – ele disse. – Eu não tenho dinheiro – era interessante para nós, como ele não precisava ir a qualquer lugar para deixá-la.

Saachi estava na Arábia Saudita há sete anos na época – sete anos de deixar os filhos, sete anos sozinha. Em todo esse tempo, Saul nunca ligou para ela. Saachi assistia as mulheres com quem trabalhava atendendo os telefones e sorrindo ao som da voz dos maridos, depois saía discretamente e chorava sozinha no quarto, antes de pegar o telefone e ligar para casa, porque ela não tinha esquecido que os filhos ainda estavam lá, sacrificados e tristes. Ela fez os planos para a universidade sozinha, mandou Chima para a Malásia para ficar com a família lá, e voltou dois anos depois para coletar A Ada. Elas viajaram para os Estados Unidos juntas, com uma parada em Adis Abeba. A Ada estava contente porque sabia que Saachi sempre passava pela Etiópia – era parte da outra vida da mãe humana, onde ela comia uvas reclinada em almofadas bordadas, jeans *acid wash* escondidos debaixo da abaya por metros de tecido preto. Quando Saachi e A Ada passaram por Adis, porém, ficaram apenas algumas horas no aeroporto e não significou nada, não causou nenhum sentimento. Não ficamos surpresos – muitas coisas são assim.

A Ada foi para a Virgínia, para os morros cobertos de grama e os prédios vermelho-medula da universidade, cheios de portas pesadas e aquecedores barulhentos. Era inverno quando chegamos com Saachi e nosso corpo. Em uma fotografia, as duas, Saachi e A Ada, estão em um leve declive com uma igreja atrás, o chão sufocado de neve. Os braços de Saachi estão perdidos em uma jaqueta de couro preta, e uma blusa cor de aveia de gola alta envolve o pescoço dela como um punho. A mão está descansando no ombro de A Ada e as duas estão enrugando os olhos por causa do sol. As pernas de A Ada se estendem de um suéter grande demais, o verde-menta sem graça largo nos pulsos, e os cabelos escapam em tufos pelos lados do gorro de lã.

Ela tem só dezesseis anos, e pelo jeito que sorri pode-se perceber que estamos dentro dela, que estamos confusos com o frio e a neve e o oceano molhado e violento entre nós e a lama vermelha de onde viemos, as rajadas de areia branca, a palmeira que parece ter passado por muitas gerações, aquela que se balança na beira da estrada quando você vem dirigindo do entroncamento Ubakala, antes de passar pelas sete aldeias, como deslizar pela goela de nossa mãe, passando pelos portões berrantes dos dentes. Não é a primeira vez que nos afastamos, mas é a primeira vez que não sabemos quando vamos voltar. Não sabíamos que a música havia nos seguido.

Depois, anos depois, quando tudo já tinha mudado, ou antes ou bem nessa época, A Ada estava deitada em uma cama estreita no dormitório Hodges ao lado de um menino dinamarquês e os dois olhavam para o teto. Era primavera e o quarto estava quieto quando o menino cantou a música de Emilia no silêncio, os primeiros dois versos do refrão. *I'm a big big girl in a big big world.* A Ada não pausou, nem um segundo, e cantou os dois versos seguintes baixinho. *It's not a big big thing if you leeeaave me.* O menino se apoiou nos cotovelos, surpreso e feliz por ela conhecer a música, perguntando como, quando, onde. A Ada sorriu com a alegria dele e contou sobre a casa de Lisa e o CD da Alemanha, e sim, agora lembramos, isso foi antes de tudo apodrecer. Só depois, muito depois, descobrimos a extensão surpreendente de coisas que este menino faria com A Ada.

* * *

As primeiras semanas nos Estados Unidos foram frias e a neve caiu espessa, como se estivesse sendo atirada a pás do céu. Foi o primeiro inverno de A Ada e ela fez um anjo na neve porque era por isso que esperava, deitar com os braços esticados e as pernas afastadas, agitar-se e voar até a santidade brotar debaixo dela. Saachi ficou por duas semanas antes de ir embora para ver Chima, antes de voltar para a Arábia Saudita, de novo parando em Adis, deixando A Ada mais sozinha do que nunca.

Nos sentíamos exatamente como ela, mais sozinhos do que em qualquer outro momento, arrancados do local onde nascemos pela primeira e pela segunda vez: levados em um avião para o outro lado do oceano, sem data de retorno. E os filhos de nossa mãe começaram a nutrir outra grande raiva contra nós na época. Era um efeito colateral de estar em um corpo, o fato de humanos terem uma vida humana. Era inevitável que A Ada fosse para a universidade, que a vida dela se movesse de um jeito que não tinha nada a ver conosco. Ela estava estudando biologia; queria ser veterinária, porque amava os animais. Não nos importávamos. Estávamos famintos dentro dela, enfurecidos com esta mortalidade inútil, como se a fúria pudesse nos levar de volta para o local de onde viemos. Nos enfurecemos com a mudança para outro país.

Afinal, não éramos *ogbanje*? Era insultante estarmos sujeitos a decisões tomadas em torno do que era apenas um recipiente. Ser carregados como mercadoria, para ser depositados na terra dos corruptores, dentro desta criança fervendo com emoções, procurando por nós porque estava desarraigada e sozinha, e nós, sempre nós, tendo que consertar tudo, bom, você tem saudade do seu pai – não sabemos por que, o homem era só um homem, e você tem saudade do amém e daquela menina amarela com quem sempre estava, e você tem trabalhos para fazer, não tem tempo para se despedaçar ainda mais, e você se esconde em uma sala de aula e chora e chora como se tivesse algo pelo que chorar? Muito bem, vamos fazer isso por você, porque sempre fomos você e nós juntos, e você nos chamou de a sombra que come as coisas e a fumaça que esconde a cor-mãe dos nossos dentes, e você nos concedeu domínio sobre este cômodo marmóreo que você chama de mente, então aqui neste lugar onde você sente saudade daquele homem e das meninas e da rua pela qual costumava correr, aqui é macio e carnudo, um bulbo de sensações, e aqui somos como uma lâmina e aqui está o corte, aqui está o tombo, aqui está o vazio que segue tudo.

Aqui está o vazio que segue tudo.

Depois disso, foi simples; A Ada parou de sentir falta do Saul e do amém e da Lisa. Ainda estávamos com raiva; não é assim tão fácil apaziguar deuses, então borbulhávamos violentamente usando seus braços. Ela atirava luminárias e xícaras nas paredes do quartinho que dividia com uma menina branca, vidro quebrado a seguindo como um cachorro perdido. Conheceu as meninas americanas vindas de Miami e Atlanta e Chicago, meninas Negras com cabelos lisos e comportados. Fizeram um alvoroço sobre o estado do cabelo dela, que era uma mistura confusa de texturas e comprimentos, espesso e desajeitado. Quando A Ada era criança, o cabelo era um monstro saltando do couro cabeludo e mordiscando seus ombrinhos. Saachi comprava cremes de relaxamento, para fazer com que parasse de crescer para o céu; não queria alisá-lo, mas, sim, acalmá-lo para que ao menos fosse possível passar um pente nele. Era lavado todo domingo em toda sua grandiosidade, penteado toda manhã antes da aula, colocado em duas tranças enquanto A Ada comia cereal matinal Nasco e se contraía.

Nós

Saachi estava na Arábia Saudita quando o cortaram, mas falava desse dia como se estivesse lá, contando a todos como A Ada chorara. Nos meses antes de ir para os Estados Unidos, A Ada deixara os cabelos crescerem novamente, trançando-os em caracóis sintéticos para a formatura do ensino médio, e os desfazendo antes de ir para a Virgínia. As meninas americanas colocaram-na sentada em frente a uma televisão e relaxaram seu cabelo, secando-o e alisando-o até ele estar completamente liso. A menina segurando a chapinha cantava junto com as propagandas na TV e A Ada riu, olhando de lado para ela.

– Como você sabe todas as músicas? – perguntou.

A menina riu de volta.

– Não se preocupe – disse. – Depois de passar um tempo aqui, você vai começar a cantar com os comerciais também.

Ela passou um pente de dentes largos pelos cabelos de A Ada, admirando como todos os cachos tinham desaparecido. As outras meninas voltaram para ver, para aprovar, e depois a levaram para conhecer os outros estudantes Negros do campus, porque agora A Ada era um deles, bem-vinda à América. Nós assistimos, fascinados. Humanos são tão ritualísticos. Quando a conheceram, os meninos Negros se aproximaram, sorrindo. Quase todos eram corredores, firmes e quase felinos no jeito de andar.

– Ei, garota – eles arrastavam. – Da onde cê é?

Não era uma pergunta à qual estávamos acostumados, não ainda. "Nigéria", A Ada respondeu, sorrindo com educação, perguntando-se se parecia estranho. Nunca tínhamos que dizer isso quando morávamos lá.

– Pô, sério? Massa.

As meninas que a estavam apresentando estavam encostadas na parede, jogando os cabelos sedosos.

– Cuidado, hein – disseram, maliciosas. – Ela só tem dezesseis anos.

A Ada assistiu aos rapazes recuarem de forma visível.

– Opa, sai fora – disseram, arrastando o fora. – Vamos ter que esperar até você ter dezoito, merda.

Todos riram e A Ada sorriu de forma vaga, mas não entendeu a piada, na hora não. Depois de algumas semanas com aquele grupo, tornou-se claro que A Ada não se encaixava. Eles não gostavam dos equitadores brancos que moravam no mesmo andar que ela, e A Ada não entendia por que, ainda não. Mais tarde, a América lhe ensinaria. Quando os estudantes Negros descobriram que ela escutava Linkin Park, olharam para ela como se ela fosse uma coisa mais estranha do que eles tinham imaginado. A Ada acabou se afastando deles e encontrou os outros estudantes internacionais: o atleta jamaicano de salto em distância, os jogadores de futebol de Santa Lúcia e Uganda e do Quênia, a menina dominicana que fumava charutos, todos os outros que também não se encaixavam muito. Eles se tornaram seu círculo pelo resto do tempo nas montanhas.

Então passaram-se dois anos e ela tinha dezoito anos e os cabelos estavam longos e decididos e completamente lisos, caindo abaixo do ombro em um marrom escuro e pesado. Ainda estávamos dentro dela, mas ela era basicamente a mesma pessoa que Saachi trouxera e entregara para o corpo docente branco e gentil, mas agora ela entendia o que as pessoas queriam dizer com as piadas envolvendo sua idade, ela sabia pelo que eles estavam esperando. A Ada ainda usava um crucifixo de ouro no pescoço, um presente da mãe de Saachi, um lembrete de que ela deveria manter a paixão infantil pelo cristo. Ela nunca questionava por que ele não a abraçara; em vez disso, constantemente pedia perdão, tentando ser merecedora de seu amor. Teve o menino panamenho quando ela tinha dezesseis (dezesseis e meio, ela corrigiu, e ele a olhou como se ela fosse uma criança); o menino escuro e musculoso de Canarsie, que não comia carne e a ensinou a enrolar os dreadlocks e fazer tranças com eles; o treinador-assistente de corrida colombiano; as paixonites vergonhosas (o cara das matrículas, o menino magrelo de Trinidade e

Tobago que corria como o vento) – todos foram só beijos, ninguém a tocara abaixo do umbigo.

    Nós a mantínhamos neutra. Era estranho; era estranho mesmo quando estávamos em casa (lá no outro lado do oceano, onde pertencíamos). Um dia, Lisa saiu do quarto do namorado e contou à A Ada sobre a mancha branca que coloriu o interior das calças dele, e nosso corpo só arrumou o rosto com a expressão que ele deveria ter, como se entendesse o segredo dos ardentes amassos adolescentes, ou a tentação de camisinhas cintilantes. Ela sabia, logicamente, mas a mantínhamos neutra. Não era para ela, o calor subindo, os truques do corpo, as compulsões da carne. Ela fez dezoito anos e nada aconteceu. Ficamos com ela. Eles a assistiam mover-se, inocente, uma coisa dourada acorrentada, dançando na penumbra das pistas e em palcos iluminados, mexendo os quadris em círculos como se já tivesse feito isso em um corpo. Ela tentava esconder, flertando e beijando como se tivesse fogo dentro dela, em vez de nós. Todos aqueles meninos, e o vazio seguindo tudo. Ficamos com ela, a abraçamos, ela era nossa.

    Havia um menino sérvio com olhos castanho-claros que era diferente, que era muito importante para A Ada. O nome dele era Luka e ele estava na equipe de tênis. Ele morava na casa no fim da colina e tinha cabelos escuros, mesmo na parte do peito que aparecia pela camiseta e nos braços e nas panturrilhas. Luka conhecia A Ada o bastante para enxergar quando o sangue subia para enrubescer sua pele marrom, e ele era um lugar seguro, um porto, um menino que chamava A Ada de mágica e queria mais do que a amizade que ela oferecia. Ele parou quando ela escolheu outra pessoa, mais tarde, depois, quando ela não tinha mais nenhum lugar seguro.

    A Ada costumava ir à casa de Luka no fim da colina, onde os amigos bebiam para se preparar para sair, fechando baseados e cheirando pó. A casa era cheia de jogadores de vôlei, europeus altos que eram gentis, carinhosos, abertos.

– Vem pra Islândia – Axel dizia, os cabelos loiros caindo nas lindas maçãs do rosto, se abaixando para compensar a altura. – Vem ver a Aurora Boreal, é maravilhoso.

Um ano depois, ele subiria uma escada de incêndio, todo amassado e bonito em um terno de linho, para beijá-la, e ela ficaria triste porque ele era simplesmente lindo, mas era tudo tarde demais. Mas então, naquela época, ele era inteligente e estava bêbado e chapado, e ele e o melhor amigo, Denis, o eslovaco, jogavam Pac-Man com muita concentração. Junto com Luka, eles eram aquela casa que atraía a todos, o centro. Ela gostava deles, gostava de estar perto deles, porque quando ela visitava, eles já sabiam que ela não bebia nem fumava, então tocavam músicas que ela gostava, muito alto, e nós dançávamos dentro dela como naqueles dias em que dançávamos com Saachi, antes de ela parir nossa gaiola. Dançávamos através de seu corpo, nosso corpo, que tinha sido construído com tanto cuidado para nós, agora desfilando pelos quartos, as mãos jogadas para o alto, a música repetindo, porque os meninos tocavam quantas vezes ela quisesse, o único entorpecente que eles podiam oferecer, o único que ela queria.

Já éramos distintos na cabeça dela: tínhamos sido Fumaça e Sombra desde a nomeação, desde o segundo nascimento, partezinhas chatas que A Ada tentava ignorar, com quem ela às vezes discutia, mas não comentava com ninguém. Ela só descia a colina, dançava até seus cabelos longos federem a fumaça ou até todos irem para o Gilligan's, para onde ela ia antes de ser maior de idade porque eles aceitavam carteirinhas estudantis como se fossem reais, como se todos entrassem na universidade aos dezoito. Foi na casa no fim da colina que ela conheceu o menino que cantaria a música da Emilia uns meses depois. O nome dele era Soren. Ele era um dos jogadores de vôlei, dinamarquês de acordo com o passaporte, eritreu de acordo com o sangue, um menino magro com olhos de piscina e escuridão que se espalhava pela pele. Nós o notamos. Ele notou A Ada porque ela não bebia, não fumava, só dançava, e tinha algo sobre ela, algo que ele queria desvendar. Ele ficou ao lado dela quando eles saíram da casa em um grupo barulhento.

– Você fuma? – ele perguntou, para ter certeza.

Ela pensou que ele estava falando de cigarros. Nós também.

– Não – ela respondeu.

Ele quis dizer maconha, mas gostou da resposta. Eles dançaram juntos na fumaça do Gilligan's aquela noite, lento. O bar tinha o nome de um programa de TV que ela nunca tinha visto, muito plástico e havaiano, com estátuas de papagaios e drinks muito coloridos. Na primeira vez que A Ada foi lá, assistira chocada às pessoas se esfregando umas nas outras na pista, bundas nas virilhas, perdidas na fumaça; ela observara o caimento perigoso do jeans abaixo dos quadris, todo o mau comportamento. Eles sempre tocavam *Sandstorm* e depois, no fim da noite, *New York, New York*, um tipo de final dramático. No seu último semestre, A Ada estaria naquele palco, os braços enlaçando uma fila de meninas brancas que ela não conhecia, levantando as pernas ao som do hino de Frank Sinatra para Manhattan, sonhando com o dia em que moraria lá.

Mas naquela noite, a cerveja escorregava sob os pés enquanto Soren encostava os lábios nos ângulos de suas mãos e na curva do pescoço. Ele tinha os olhos mais cheios que ela já tinha visto, então deixou que ele voltasse com ela para seu dormitório. A Ada vivia sozinha na época, como monitora assistente, então podia quebrar espelhos e fazer carpetes de vidro despedaçado na paz e tranquilidade. Ela podia nos alimentar com cortes sem ter que dar explicações nem ter que lidar com pessoas pensando que havia algo de errado com ela. Naquela noite, ela o trouxe para dentro do quarto e eles se beijaram e adormeceram. Soren voltou todos os dias depois disso.

Ele chorava muito, aquele menino, com aqueles olhos amendoados e escuros. A Ada fingia não escutar, mas nós escutávamos atentamente enquanto ele se encolhia contra a parede branca e chorava noite adentro, sonhos o afastando do sono. Durante o dia, ele não conseguia ficar longe dela por muito tempo. Ele a abraçava constantemente (nós gostávamos disso). Um dia, quando eles estavam no refeitório tomando café da manhã, A Ada encheu o prato com seis ovos cozidos e os trouxe para a mesa.

– Não coma isso – Soren disse. – São ovos demais.

Ela olhou para ele e riu, e começou a quebrar os ovos batendo-os uns nos outros, ponto a ponto, como gladiadores. O que quebrasse antes era comido. O vencedor sobrevivia até a próxima rodada.

Soren olhou para ela, o rosto vazio.

– Eu disse que você não pode comer isso – ele não levantou a voz.

A Ada franziu o cenho e comeu os ovos, curiosa sobre o perigo que ela conseguia cheirar na gentileza dele, surpresa por ele pensar que podia comandá-la. Ele não disse mais nada e tomou o café, o rosto liso fechado, os ombros magros curvados sobre o prato. No dia seguinte, ele a chamou de namorada.

– Espera, sério? – ela respondeu. – Eu não sabia disso – a resposta dela o deixou com raiva, o que a irritou.

– Como você não sabe disso? O que você acha que estamos fazendo? – ele perguntou.

– Como é que eu vou saber, se você só me disse agora? – A Ada respondeu, mas Soren continuou com raiva.

Essa foi a primeira coisa que nos interessou nele – a raiva. O ódio abundante de sangue vermelho e espesso. O ódio de trauma por uma infância horrível. O ódio de eu fui levado quando era pequeno e os homens me deixaram em quartinho sujo e eles nunca encontraram a outra criança. Dava para sentir a ardência dele, as cores picantes e frenéticas que tinha. Ele estava com raiva porque A Ada não sabia que era sua namorada; ele estava com raiva porque ela fingia indiferença, dizendo que ele podia terminar tudo se quisesse, ele podia ir embora se quisesse. Ele ficou com raiva quando ela sugeriu que ele ainda não tinha superado a ex, com raiva quando ela tentava escapar das brigas, com raiva quando ela corria e se escondia em um porão para fugir dele.

Éramos fascinados pela facilidade com a qual ele entrava em uma de suas crises de raiva, como ele parecia um menininho quando saía bufando pelo corredor, os chinelos grossos e plásticos e batendo no carpete. Nada disso nos afetava. A Ada estava fingindo outras coisas, fazendo o papel de uma menina normal na faculdade, vendendo beijos para ser abraçada. Ela tinha muitas conversas com o cristo, sempre unilaterais, tentando decifrar o que ele queria. Abstinência era fácil para ela; ela sempre se interessara por sexo somente de ângulos estranhos e indiretos, lendo a Bíblia para encontrar obscenidades, tentando aprender todas as palavras, todos os pedaços que só cabiam na mente. O corpo dela, nosso corpo, era indiferente. Quando as outras meninas falavam de seus desejos, ela escutava com curiosidade sobre essas fomes que não tinha, uma necessidade que nem ela nem nós entendíamos. Quando Soren quis foder, ela não entendeu. Nós não entendemos também. Estávamos interessados somente na dor dele.

Ele ficou cheio de vergonha e desculpas quando ela disse não. A Ada sorriu e explicou sua promessa para cristo, explicou como era importante para ela, enquanto mexia no crucifixo dourado ao redor do pescoço. A avó no lado de Saachi teria ficado orgulhosa. Depois disso, A Ada assistia com leve interesse Soren deslizando o pênis entre seus seios. Ela continuava assistindo quando se mudou para o dormitório dele para o período de maio, continuava assistindo quando ele se enraivecia falando do pai, quando ele socava as paredes até as mãos incharem. Nós assistíamos com ela, observando este humano furioso e suas fomes. Uma noite, Soren levantou da cama e olhou para nosso corpo.

– Você precisa tomar anticoncepcional – a voz dele estava calma, uma poça de sangue parado com uma pele se formando.

A Ada não entendeu. Ela piscou e houve uma pausa, um momento cambaleante. Ela não entendia do que ele estava falando. Então, devagar, a informação começou a ser processada, envolta em alarme. Detalhes simples primeiro, como que era de tarde e as árvores lá fora estavam verdes na luz do sol. Que ele estava pelado, mas ela não tinha ideia do que estava vestindo. Que o pênis dele estava para fora e era marrom como os olhos. Que ela não lembrava de ter tirado nem colocado nada. Ele vestiu uma bermuda enquanto ela permaneceu sentada nos lençóis baratos da Walmart, entendimento escorrendo como urina quente para dentro da cabeça, escorrendo até as mãos frias. As palavras pairavam nauseantes ao seu redor. Anticoncepcional, porque este menino, este menino com os olhos amendoados e a pele triste, ele tinha liberado nuvens dentro dela. Mas ela não lembrava de nada e não lembrava de ter dito sim porque não lembrava de ele ter perguntado.

Ela estava confusa. Houvera tantas recusas nas semanas anteriores, empilhadas como tijolinhos vermelhos, com o peso de um prédio demolido, coisas que ela achava que seriam pesadas o bastante para mantê-lo afastado porque ele sabia, ele sabia, ele sabia que ela não queria. Ela não conseguia lembrar de nada, tipo se essa tinha sido a primeira vez, ou a quinta, deus, há quanto tempo ele vinha movendo partes indesejadas dentro dela? A rajada de desconhecimentos empurrou A Ada para fora da cama e ela enfiou os pés em um par de tênis e os amarrou o mais rápido que conseguia. Esta explosão de movimentos alarmou Soren; ele odiava quando ela ia embora, então agarrou seus braços, forçando-a a ficar, gritando palavras, mais palavras do que ela podia escutar. Ela se moveu cegamente contra ele, pensando somente na porta, no longe. Ele queria que ela dissesse algo, então continuou gritando. A Ada abriu a boca e tudo que jorrou foram enormes formas de dor que inundaram o ar enquanto as pernas cediam. Ela se derramou no chão e ele caiu com ela. Eles sentaram juntos em lençóis amarrotados e ele continuou gritando palavras vazias.

 Ela começou a gritar. Gritou e gritou e gritou. Sua visão estava embaçada. Havia uma janela em sua frente, mas se abria para um nada como o que saía da boca. Em algum lugar ela ouviu um barulho de construção, um vento, enorme e abrangente, correndo no vácuo, em uma rajada na direção dela. As paredes, os véus em sua mente, eles foram arrancados, rasgados, entraram em colapso. O barulho do vento abafou a voz vazia de Soren e A Ada pensou, com uma certeza final:

 Ela veio. Ela veio, enfim.

ASUGHARA

Capítulo Seis

Ọbịara egbum, gbuo onwe ya.

Aṣughara

É claro que vim. Por que não viria? Escute-me, Ada significava todos os mundos para mim. Mas não posso mentir; este terceiro nascimento foi um choque. Eu estava lá, tomando conta da minha própria vida como uma nuvem oscilante, e do nada, sem aviso, estava sendo condensada no cômodo marmóreo da mente de Ada, o tempo se movendo mais devagar para mim do que para ela. A primeira coisa que fiz foi avançar, para conseguir ver através dos olhos dela. Havia uma janela em frente a seu rosto e um menino inútil a seu lado. Estava frio. Examinei o mármore procurando por Ada e lá estava ela, um retalho no canto, um bebê balbuciante. Não encostei nela – não era meu estilo. Nunca fui do tipo que conforta. Em vez disso, afundei minhas raízes no corpo dela, agarrando os vasos capilares e os órgãos. Eu já sabia que Ada era minha: minha para mover e pegar e salvar. Levantei o corpo dela. O menino estava chorando e com raiva, ainda sentado no chão.

– Vai, então – disse, zangado. – Vai!

Fiz Ada pegar a jaqueta dele, e depois eu e ela saímos. Quando estávamos longe dele, eu a libertei e foquei na adrenalina de estar aqui. Estava me sentindo embriagada e cheia de vida; ela enchia os bolsos nas minhas bochechas. Aqui eu estava! Eu tinha um eu! Dancei pelo mármore, contente e excitada com a existência, antes de lembrar da razão para minha chegada. Virei-me para ver como Ada estava.

Ela estava hesitante em frente ao dormitório Hodges, discando o número de uma amiga, uma menina nigeriana mais velha chamada

Itohan, que morava na Geórgia. Fiquei escutando porque, honestamente, era fascinante ter ouvidos, escutar como a voz de Ada reverberava dentro do crânio. Ela estava chorando e contou a Itohan o que tinha acontecido, ou ao menos o que ela lembrava dos acontecimentos. Não interferi até Itohan aconselhar Ada a rezar, que o Deus delas a perdoaria. Isso nem fazia sentido para mim. Perdoá-la pelo quê? Entrei gentilmente e fiz Ada terminar a chamada. Já era óbvio para mim que ela estava melhor ficando só comigo.

Ada enfiou os braços nos arbustos embaixo da janela do menino e os espinhos deixaram a pele dela ensanguentada. Ela chorou. Eu não me importava com o sangue; ele fez eu me sentir bem, como sempre fazia quando eu era só uma brisa na nuvem oscilante do resto de nós, flutuando nela. Ela atravessou a rua e subiu uma pequena colina, onde havia uma igreja e um cemitério. No meio do cemitério estava uma cruz de dois metros de altura. Ada enrolou a jaqueta do menino no braço ensanguentado e deitou na base de concreto, olhando para o céu enquanto chorava um pouco mais. Deitei lá junto, me esticando dentro dela. Perguntei-me se ela conseguia sentir que não estava sozinha. Os pensamentos dela eram fluxos translúcidos embaçando o mármore – como ela tinha desapontado o cristo, como ela nunca conseguiria rezar de novo, nem agora nem nunca. Ela sabia o que deveria fazer – perdoar a si mesma por ter transado e falar com o cristo –, mas não conseguia fazer nenhuma dessas coisas e não acreditava que importasse; não achava que merecia perdão. Observei os pensamentos dela e não compreendi. Ela parecia muito sozinha. Coitadinha, pensei, tão apaixonada por este cristo. Por que se incomodar com ele, se lhe causava tanta dor?

Mas gostei das outras escolhas, o cemitério e o sangue secando nos braços. Ada ficou lá até o sol se pôr, depois a levei até a casa no fim da colina. Ela parecia ter boas memórias desse lugar e do amigo que morava lá, Luka. Ele tinha viajado, então o quarto estava vazio. Mas ainda tinha o cheiro dele, então Ada sentia que era um lugar seguro, e foi onde ela se escondeu. Mas o menino, Soren, foi lá procurá-la. Era algo que eu teria que lhe ensinar, que não havia mais lugares seguros.

Ele estava com raiva porque Ada tinha desaparecido, e ficou furioso quando viu os arranhões secos nos braços. Levou-a de volta para o quarto dele, e as feridas nos braços não o pararam, as lembranças dela sentada nos lençóis e gritando não o pararam. Não, o menino fodeu o corpo dela novamente, naquele dia e em todos os dias depois, de novo e de novo. Olhava nos olhos dela e jurava no ritmo dos movimentos enquanto a fodia, nunca usando camisinha, sempre ejaculando dentro dela.

– Eu te amo pra caralho. Você não tem ideia de como te amo pra caralho.

Mas Ada não estava mais lá. Nem um pouco. Ela não era nem uma coisinha enrolada num canto do mármore. Era só eu. Me expandia contra as paredes, enchendo tudo e bloqueando-a completamente. Ela não estava lá. Daria na mesma estar morta.

Eu era poderosa e estava com raiva, ele não conseguia me tocar, não importava o quão fundo a penetrasse, e ele com certeza não conseguiria tocá-la. Eu estava ali. Eu era tudo. Eu estava em todo lugar. Então eu sorria, usando somente a boca e os dentes da Ada.

– Você ama isso aqui – corrigi. – Você ama me foder.

Ele ficou irritado de novo. O menino era tão previsível, era tão fácil provocá-lo. Seres humanos são inúteis assim. Eu gostava de irritá-lo, sha. Eu o segurava com os braços de Ada e sorria no escuro enquanto ele chorava por causa dos pesadelos. Era bom que ele vivesse com dor. Ada nunca estava lá se houvesse uma cama. Em minha curta vida até então, era disso que me assegurava.

Quando ela teve que fazer um teste de gravidez, o primeiro de muitos, Ada chamou um táxi da clínica e foi até o campus. O motorista era motoqueiro. Era óbvio, porque ele tinha adesivos da

Aşughara

Harley-Davidson por tudo. Eles me fizeram pensar em outro táxi, naquele que a mãe da Ada pegou em outra vida, quando nós duas nascemos. Eu gostava de adesivos em táxis, então disse, com a boca da Ada "Eu gosto de motocicletas".

"Me liga dia desses", o motorista respondeu. "Te levo para dar uma volta na minha". Ele deu o cartão para Ada. O menino se enraiveceu quando descobriu e rasgou o cartão. Alguns dias depois, ele encontrou Ada atrás do dormitório, segurando uma espada com as duas mãos, examinando facas que um de seus amigos colecionadores tinha trazido numa caminhonete. O menino se irritou e proibiu Ada de brincar com facas. Ada olhou para ele e eu olhei através dos olhos dela e a fiz ficar quieta. Eu e ela assistimos à raiva dele e não fizemos nada, não dissemos nada. O que poderíamos dizer? Era mais interessante assistir à fúria dele crescendo por causa do tédio nos olhos de Ada, o vazio no rosto dela. Não é fácil me encarar, eu sei disso muito bem.

Logo que Ada conheceu o menino, ele contou uma história sobre como amava a mãe, como ele e o irmão enfiaram pregos nas mãos de um homem que atirou pedras nela na Dinamarca. Lembrei disso quando cheguei. A imagem do homem sendo prensado contra o chão, as mãos abertas à força, os meninos rosnando. O prego rasgando tecido e tendões com propósito metálico, os gritos do homem, o sangue jorrando. Era verdade, e eu gosto de coisas verdadeiras. Mesmo assim, quando Ada começou a pensar que amava o menino, permiti. Tornaria as coisas mais fáceis para ela. Ela não era como eu; ela não era forte. Um dia, o menino estava indo embora para um campeonato de vôlei e Ada colocou a mão no rosto dele para se despedir. Assisti o sorriso dele desaparecer através dos olhos dela.

– Para – ele disse. – Minha mãe me olha assim.

Ela devia estar na minha frente. Eu nunca olhei para ele com nenhuma expressão que poderia estar no rosto da mãe dele. O menino transformava Ada em uma coisa balbuciante em um canto – essa era a verdade, mas ele nunca a alcançaria de novo. Eu tinha chegado, a carne da carne, sangue verdadeiro do sangue verdadeiro. Eu era a selvageria debaixo da pele, a pele como arma, a arma sobre a carne. Eu estava aqui. Ninguém mais a tocaria.

Quando o período de maio terminou, Ada deixou a faculdade e aquela cidadezinha decadente nas lindas montanhas, e foi para Geórgia ficar com Itohan. Soren foi para a Dinamarca, mas levou o ursinho de pelúcia dela, Hershey, com ele. Para quem não o conhecia, podia parecer fofo, mas ele era um ladrão, sabe, ele roubava e roubava e roubava. Desgraçado de merda. Na Geórgia, Itohan levou Ada a um salão de beleza. Ada sentou em uma das cadeiras altas e olhou para seu reflexo, todo aquele cabelo pesado pendurado no couro cabeludo.

– Corta tudo – disse.

As cabeleireiras, até as outras clientes, ficaram chocadas. Eram mulheres Negras que pagavam e recebiam dinheiro para adquirir e entregar cabelos longos, cabelos espessos, cabelos lisos, e ela tinha tudo isso brotando da cabeça como se fosse nada.

– Todo esse cabelo lindo? – perguntaram, horrorizadas. – Tem certeza?

– Tenho certeza – Ada disse. É claro que ela tinha. Eu tinha. Eu lembrava de quando Ada tinha nascido, com cabelos molhados e pretos como tinta e escorregadios como um peixe. Os cabelos que ela tinha agora eram mortos, mais mortos até do que cabelos normalmente são. Além disso, eu tinha chegado, e algo tinha que marcar a ocasião, então cortar os cabelos parecia correto.

– Faça o primeiro corte então – a cabeleireira disse. Ela não acreditava que Ada fosse fazer, mas ela não a conhecia e com certeza não nos conhecia.

Ada pegou a tesoura, separou uma mecha de cabelo bem em cima da testa, puxou-a em frente aos olhos, e cortou perto da raiz.

Aşughara

As mulheres no salão exclamaram, olhando, chocadas. Eu sorri – *shebi* eu disse que a garota era minha agora. Ada largou a mecha de cabelo no colo, na capa que tinham colocado em seu pescoço.

– Você pode cortar o resto, por favor? – perguntou.

A cabeleireira assentiu e pegou a tesoura das mãos dela. Quando terminou, Ada pediu que arrancassem suas sobrancelhas com cera, e saiu do salão mais parecida comigo. Ela tinha quase dezenove anos. No apartamento de Itohan, ela ligou para outro menino da Virgínia, o irmão de uma amiga, que chegara do Togo no semestre anterior com uma camisa de colarinho largo engomado que fez Ada lembrar de casa. Ele e Ada flertavam por horas todos os dias, desde o início do verão. Algumas vezes, ele não atendeu às ligações, depois de ela contar sobre Soren, que ela tinha um namorado. Não gostei quando ela disse isso, mas eu tinha prometido que a deixaria se agarrar a mentiras se isso a mantivesse sã. Depois de um tempo, o irmão ligou e disse que não se importava. Por algum motivo, isso deixou as coisas mais fáceis. Ada ligou para Soren e disse que estava terminando com ele. Pesei nos ossos dela enquanto ela fazia a ligação. O menino foi tão entediante em seu choro raivoso que a fiz desligar na cara dele. Ada nunca conseguiu o ursinho de volta. Eu disse que ele era um ladrão.

Depois da Geórgia, Ada foi ver Saachi, que estava mais leve no corpo agora. A mãe humana tinha se mudado para os Estados Unidos um ano antes. Ela passou pela Nigéria antes para pegar Añuli, e as duas foram para os Estados Unidos e alugaram um apartamento em uma cidade no Sudoeste. Saachi queria que Saul fosse junto porque ele podia conseguir um *green card*, mas erros do passado em Londres fariam com que ele não pudesse trabalhar como médico na América, então ele se recusou.

– O que eu vou fazer lá? Vender pipoca? – disse.

– E o que há de errado nisso? – Saachi respondeu. Ela não acreditava em orgulho no que dizia respeito à Ada e aos outros.

Mas Saul continuava do jeito que sempre fora, então Saachi e Añuli se mudaram sem ele. As duas moravam em um apartamento de um quarto e Añuli dormia em um sofá-cama em um cômodo sem porta, ao lado da pequena cozinha. Quando Ada visitava, dormia no sofá da sala. Uma manhã ela acordou e Saachi estava de pé na cozinha, olhando para ela. Segurava uma xícara de café e Ada sabia que era preto, assim como sabia que todos os copos de Coca-Cola de Saachi eram batizados com Bacardi. Muitas coisas eram sempre as mesmas.

– Quando você dorme – Saachi disse, como se fosse nada – você fica exatamente igual a como era quando criança. Exatamente.

Ada esfregou os olhos, e quando os abriu de novo, Saachi tinha saído do cômodo e ela estava sozinha. Elas discutiram sobre o corte de cabelo quando Ada chegou, e Saachi deixara versos bíblicos pelo banheiro em post-its, sobre como o cabelo de uma mulher era sua coroa. Fiz Ada ignorar os bilhetes. Ela ainda estava se acostumando a se mover comigo; eu era pesada e a fazia ser diferente, ou talvez ele tivesse feito ela ser diferente, mas, de qualquer maneira, nada estava igual. Saachi a observava como sempre fizera, desde quando Ada era um bebê gordo com um pottu na testa para proteção.

– Você sorria tanto – Saachi disse. – Era uma criança tão feliz. Por que você não está comendo?

Isso era verdade, mas não comer era só um experimento que eu estava fazendo, para ver até quão perto dos ossos eu podia levar Ada. Ela tinha começado a restringir a comida antes mesmo de eu chegar, por algum motivo humano, provavelmente tentando controlar o corpo já que não conseguia controlar a mente. Não importa. A questão é que depois que cheguei, a conduzi para novos e leves lugares. 53 quilos. Ela corria por uma hora todo dia. Fiz com que ela comesse só saladas. A fome a agarrava por dentro, de forma íntima. Parecia ter um propósito, como se estivesse fazendo alguma coisa. Ada fazia musculação e continuava correndo. Um dia, de repente, caiu para 51 quilos de carne humana. Olha, eu

Aṣụghara

nunca quase voei tão bem desde aquela época. Os ombros de Ada tornaram-se facas em suas costas, e as pernas pareciam até mais longas do que quando ela fez aulas de balé no primeiro semestre e a instrutora disse que ela precisaria de meias-calças extragrandes porque as pernas dela eram assim tão longas. Mas é, não, ela não estava comendo. Não era mais importante, o que acontecia com o corpo dela, não desde que eu chegara.

Eu fiquei agradecida, é claro – a corporificação era deslumbrante, ao menos no início. Senti um novo poder, uma enxurrada de grandiosidade de que, sim, Ada se arrependeria depois, é verdade, mas por agora era bom, rico; significava que eu era um eu, como eu e eu, como se eu nunca fosse voltar para um nós maior. Ha! Como poderia? Não, eu estava livre. Eu tinha me elevado, transcendido, de fato. Subido como vapor até ser só eu no campo do corpo de Ada. Ela me deu este nome, Aṣụghara, incluindo aquele derrapar áspero da garganta na metade. Espero que o dizer arranque sangue da sua boca. Quando se dá nome a alguma coisa, ela passa a existir – você sabia disso? Há força neste ato, poder branco como osso injetado em um ímpeto, como uma droga trêmula.

Espera, é isso que humanos sentem? Saber que você é único e especial, ser individual e distinto? É maravilhoso. Mas eu tinha que me lembrar que não era humana nem carne. Eu era só um eu, uma pequena besta, talvez, trancada dentro de Ada. Mesmo assim, era gostoso mover o corpo dela e sentir coisas. Quando eu estava à frente, movia-me como um daqueles mascarados de sua infância, com uma camada de carne cobrindo meu rosto de espírito.

Tudo que estou dizendo é que era ótimo andar pelo mundo.

Nunca esqueci da Virgínia nem do menino Soren – o lugar e a pessoa que realizaram meu parto. Também não esqueci que Ada era filha de Ala. Seria muito descuido esquecer algo assim. Se você é a cria de uma píton, então você também é uma píton – simples. Deveria ter ocorrido uma ecdise normal com essa mudança, mas eu não era normal. Não me era permitido trocar de pele de forma gentil e fácil. Não, eu tinha que rasgá-la assim que saísse, fragmentando-a em pedaços nunca mais encontrados, saindo encharcada de sangue. É isso que acontece quando se age como se humanos pudessem comportar a matéria divina sem azedá-la.

Ada me amava, sha. Ela me amava porque eu odiava aquele menino. Ela me amava porque eu era inconsequente; eu não tinha consciência, nem empatia, nem pena. Ela me amava porque eu era forte e a permitia aguentar. Eu a amava porque a conhecia desde quando era nada, desde quando era tudo, desde uma casa azul em Umuahia. Eu a amava porque a assisti crescer, porque ela fazia oferendas desde quando comecei a acordar, alimentando-me com a dobra do braço e a pele das coxas. Escute, eu a amava porque em seu momento de devastação, o momento em que perdeu a cabeça, aquela menina me buscou tão longe que enlouqueceu completamente, e eu a amava porque quando a inundei, ela se abriu e me aceitou sem hesitar, desesperada e quebrada, ela me absorveu com ferocidade, totalmente; nada me era negado.

Capítulo Sete

[Os ọgbanje são] criaturas de Deus com poderes sobre os mortais... Eles não estão sujeitos às leis da justiça e não têm escrúpulos, causando danos sem justificativa.
C. Chukwuemeka Mbaegbu,
The Ultimate Being in Igbo Ontology

Aṣughara

Eu a amava porque ela me deu um nome.

Depois daqueles dias e noites com o menino fodendo o corpo de Ada, aquele verão na Geórgia foi meu primeiro corporificado, quando fiz Ada cortar os cabelos no ar grudento, quente e úmido. Ada tinha viajado para ficar com Itohan e a família dela, como fazia todo verão. O pai de Itohan tinha trabalhado com Saachi, nos hospitais militares a que foram alocados. Quando Ada se mudou para os Estados Unidos, Saachi perguntou se a família dele na Geórgia podia receber Ada, porque ela não tinha para onde ir. Era caro demais voltar para a Nigéria e Saachi ainda estava vivendo em outro país. A família de Itohan concordou, então Ada foi até eles e fez dezessete anos lá. A mãe e os irmãos moravam no subúrbio e Itohan, que Ada chamava de irmã mais velha, morava em um apartamento mais central, com cercas vivas no lado de fora, carpete dentro, e umidade fluindo das paredes. Estou dizendo tudo isso para explicar que essas pessoas eram família para Ada, para que quando eu contar as coisas que fiz depois de chegar, você possa entender o nível de estrago que causei.

Não me arrependo de nada, sha. Fiz o que me fazia feliz, o que me enchia por dentro. Até me lembro de uma vez, antes de eu chegar, quando Ada estava falando com umas amigas na Virgínia e disse:

— Sabe, estou feliz por não ter transado ainda.

As amigas riram.

– Por quê? – perguntaram, e Ada deu de ombros.

– É que se eu começar, sei como vou ficar – disse.

É como se ela entendesse com que tipo de fome eu chegaria, como eu a soltaria em um mundo despreparado se algum dia ultrapassasse o véu. Não sei se ela teria me deixado sair, ou se tivesse, se teria sido eu, ou alguma outra coisa. Mas eu entrei no mundo como entrei por causa de Soren, e qualquer chance que eu tinha de ter sido de outro jeito se perdeu ali. Eu sou filha do trauma; meu nascimento aconteceu em cima de um grito e fui batizada com sangue. Quando Ada me trouxe para a Geórgia, eu já estava pronta para consumir tudo que tocasse.

Comecei com o irmão mais novo de Itohan. Ele era alto e lindo, com pele escura e macia envolvendo músculos, mas, mais importante, ele estava lá e foi fácil. Essa foi a primeira lição que aprendi com o terceiro nascimento, sobre humanos masculinos. Eu sabia a que eles davam valor, sabia onde eles queriam estar, e sabia que preço eles pagariam por uma pequena morte. Então o fodi no carpete gasto do apartamento de Itohan, a poucos metros da cozinha onde Ada comia Tampico congelado que tinha triturado em um copo plástico. Eu quase conseguia vê-la ao lado enquanto eu usava seu corpo, atingindo os cubos laranjas com uma colher de chá de metal, o gosto trazendo a Nigéria de volta à boca, memórias do Fan-Orange que ela comprava de vendedores de iogurte que passavam de bicicleta em frente à escola. A nostalgia dela não me importava; eu era só uma semente na época, era outro mundo. Meu mundo agora era o menino em cima e embaixo de mim. Eu o fodi nos subúrbios nos lençóis simples da cama dele, passando os dedos de Ada por seu peito e estômago firmes, impressionada por ele conseguir gozar e continuar duro. Ele escapou para o quarto de hóspedes da casa da mãe para me foder, e lá eu afastei meus quadris e olhei para longe dele, e foi a única vez que gozei.

Aşughara

Ada nunca estava lá. Eu já tinha prometido; ela nunca estaria lá, nunca mais. Era meu dever protegê-la. Mas eu gostei do irmão de Itohan, e gostei de escolher um corpo pela primeira vez. Soren não contava – ninguém o escolhera. Então usei o rosto de Ada e treinei sorrisos nele e, para minha surpresa, a família de Itohan não viu nenhuma diferença. Eu era boa mesmo. Não é difícil ser alguém que você vem observando desde que ela era um bebê, mas fiquei meio ofendida por ser confundida com Ada. Ela era tão ingênua: jogava-se nos braços de pessoas que a quebravam; ela via o perigo e, em vez de evitá-lo, como alguém que tem bom senso, ela andava atrás dos dentes. Como se fosse estar a salvo. Como se não devesse ter aprendido com a infância que teve. Me recuso a acreditar que me parecia com ela – devem ter sido os humanos que não viam a diferença. Eu, eu fiz minha boca vermelha como seda, enegreci meus olhos, e assegurei que ninguém pudesse me enganar. Quando fazia crueldades, eu as fazia com olhos abertos. Nunca senti vergonha – sempre me olhei sem piscar. Mas mesmo que Ada me amasse, ela evitava encontrar meu olhar. Nós duas nos materializávamos em sua mente, o cômodo marmóreo, paredes e chão brancos e venosos, e ela desviava os olhos. Era compreensível: eu tinha chegado e estava tão profundamente dentro dela, trancada em sua carne, movendo seus músculos. De repente, ela precisava dividir com algo que não podia controlar. Eu compreendia, mas, ao mesmo tempo, não era problema meu.

Eu era egoísta na época. Não dá para me culpar – era minha primeira vez tendo um corpo. Humanos não lembram do tempo antes de terem corpos, então subestimam as coisas, mas eu, não. Eu lembrava de não ser eu mesma, de ser apenas um pedaço de nuvem. Fui imprudente com o corpo dela, sha, não pensei nas responsabilidades de ter uma carne. Consequências aconteciam com humanos, não comigo. Este mundo era deles. Eu nem estava aqui de verdade. Não é uma desculpa – sei que não fui justa com Ada –, mas ainda é uma razão.

Na primeira vez com o irmão de Itohan, ele não usou camisinha. Quando Ada mencionou o assunto, ele hesitou, não queria comprá-las.

– Ué, mas por que não? – Ada perguntou.

Ele ficou desconfortável.

– Se eu comprar é como se eu soubesse que vou pecar, como se estivesse planejando transar.

Ada olhou para ele. Dentro da cabeça dela, no cômodo marmóreo, eu apareci e fiquei ao seu lado. Estávamos pensando exatamente a mesma coisa, e naquele momento, aquilo nos uniu, com ondas de eletricidade.

Me inclinei e falei com ela.

– Essa é a coisa mais estúpida que já ouvi.

Ela esqueceu de me ignorar dessa vez.

– Fica quieta. Você sabe como eles são religiosos.

– Mas não faz sentido! Ele sabe que vai fazer, então pra que fingir que não? – perguntei, mesmo que soubesse a resposta. Ele era só humano; o que mais eu podia esperar, sendo realista? Ele queria, de algum jeito, fingir que era melhor do que sabia que era; não estava pronto para se jogar no pecado. Humanos acham mais fácil ficar mentindo para si mesmos.

Ada o fez comprar camisinhas mesmo assim, e ele contou como tinha sido vergonhoso quando o balconista perguntou de que tamanho ele precisava. Assisti a ele contando a história, a boca aberta em um sorriso tímido de lábios grossos, e escutei Ada dizendo o que quer que tenha dito a ele. Falando honestamente, eu não me importava com as camisinhas, mas, de novo, não era meu corpo. Mas eu deveria ter me importado, ao menos pela Ada.

O que me importava é que ele me fazia sentir bem. Ou talvez não bem, mas ele me fazia sentir cheia. Ele era grosso e ia fundo dentro de Ada, contra o veludo do juramento, abrindo o corpo dela de um jeito que parecia dizer, com confiança, você está viva e não morreu.

Para mim, isso era o bastante. Viva era carne. Viva significava que eu tinha um corpo para movimentar.

Ada foi com ele ao Planned Parenthood duas vezes para pegar a pílula do dia seguinte, mesmo depois de ele comprar camisinhas. Veja, era ela que insistia em usar proteção, mas não era ela que dormia com ele – era eu. Na segunda visita à clínica, a enfermeira lá olhou para Ada com desprezo.

– Por que você não tenta usar um anticoncepcional? – ela disse, e o sarcasmo fez sangue correr para as bochechas de Ada.

– Não presta atenção nela – sussurrei para Ada, olhando para a mulher com ódio. – Quem é ela, sef? Vaca idiota.

Ela é só uma humana de merda, quase completei, ela não importa, nada disso importa. Mesmo assim, não deixei Ada voltar à clínica depois disso, mesmo quando seria o melhor a fazer. Fiz muitas coisas para protegê-la e falhei muitas vezes.

Continuei dormindo com o irmão de Itohan, e numa manhã na casa da mãe deles no subúrbio, o sol estava entrando como água rasa pela janela quando a mãe de Itohan entrou no quarto e pegou Ada dormindo encolhida na curva do corpo longo do menino. Os dois estavam vestidos – era, na verdade, bem inocente, não como naquela noite em que Ada estava dormindo na sala do andar de cima, quando ele tinha colocado o pênis na cara dela, grosso e enviesado, batendo em seu nariz e abrindo seus lábios. Eu a havia tomado antes de ela acordar completamente, movendo-me rapidamente para afastar a primeira onda de terror e nojo que quebrava dentro dela. Isso era meu. Ele era meu. Eu havia prometido a ela: nunca mais.

Quando a mãe dele abriu a porta, Ada e o menino acordaram em um susto bem a tempo de pegar seu olhar firme os examinando.

– Vá até meu quarto – ela disse para o filho, e fechou a porta com um clique.

O estômago de Ada despencou. Espreguicei-me dentro dela e olhei ao redor, sonolenta.

– Ah, caralho – ela disse, sentando. – Será que eu devo ir também?
– Merda – o irmão de Itohan pulou da cama e colocou uma camiseta. O rosto dele estava contorcido em preocupação. – Fica aqui. Já vou lá.

E saiu do quarto, fechando a porta com cuidado atrás de si como se alguém mais pudesse passar e ver Ada em seus lençóis. Sentei com ela, excitação bombeando pelo meu corpo. Era tão feio, ser pega. Adorei.

– O que vai acontecer? – Ada me perguntou, mordendo o canto do dedão. – E se ela descobrir?

Pensei sobre o assunto.

– Bom, o que é o pior que pode acontecer?

– Não seja idiota – ela disse. – Você sabe o que vai acontecer.

Ela estava certa. Se a mãe de Itohan descobrisse que eu vinha fodendo seu terceiro filho debaixo do teto dela, Ada não seria mais bem-vinda lá. A família deles a abraçara como se ela tivesse o direito de se sentir segura com eles, e se este segredo fosse descoberto, ela os perderia todos.

– Não se preocupe – disse à Ada. – Ela não viu nada.

Ada abraçou o estômago. Ela estava vestindo uma velha camiseta, grande demais, verde e cheia de borboletas coloridas, um souvenir das Filipinas que Saachi lhe trouxera. Ela também não estava me ouvindo, não mais; estava com muito medo. Sentei com ela mesmo assim, até o menino voltar para o quarto, com um olhar repreendido.

– Ela quer falar com você – ele disse.

– O quê?! – Ada tropeçou para fora da cama. – Por quê? O que ela te disse?

Ele deu de ombros, desconfortável, não querendo dar mais explicações.

– Só vai – ele disse. – Ela está te esperando.

A essa altura, até eu estava receosa, mesmo que a emoção de ser malcriada ainda estivesse retumbando em mim. Ada andou pelo

Aşughara

curto corredor e bateu na porta do quarto da mãe dele, abrindo-a quando a voz da mulher lhe disse para entrar. Ela nunca tinha entrado naquele quarto. Estava nas sombras e a mãe de Itohan estava sentada na beirada da cama e uma Bíblia estava ao seu lado do edredom. Quando ela falou, sua voz estava firme, mas não brava.

– Já vi vocês dois abraçados no sofá, e não há problema nisso – ela disse. – Eu sei que vocês não estavam fazendo nada, mas você nunca deve compartilhar a cama de um homem a não ser que esteja usando um anel. Nem a do seu irmão.

Ada manteve uma expressão assustada e séria, mas eu captei seu alívio e soltei gargalhadas dentro dela.

– Ela não sabe, eu não acredito que ela não sabe! – exclamei. – Caralho!

– Cala a boca – rosnou Ada, com a boca fechada.

A mulher continuou falando e minha risada ficou amarga ao perceber quão cega ela era. Tanto havia mudado. Tanto havia mudado, e se isso tivesse acontecido há seis meses... mas isso nem era possível. Há seis meses, Ada nunca teria estado na cama de Soren, eu não teria nascido, e Ada ainda seria a menina doce e boazinha com quem essa mãe pensava estar conversando. Mas agora eu estava aqui e eu era o mundo, repousando em feias entranhas. Eu tinha inveja da mãe dele e da limpeza em que vivia, onde tudo era tão inocente e ninguém havia tocado Ada. Era uma bosta de uma mentira.

Depois de ser liberada, Ada voltou para o quarto do menino, mas fez questão de deixar a porta aberta. Ele estava encostado no guarda-roupas, lindo e estressado.

– Odeio mentir para minha mãe – disse.

Ada franziu o rosto e colocou a mão no braço dele.

– Eu sei – ela respondeu, e sabia mesmo. Ela odiava desonestidade e sabia como era ter uma mãe carinhosa. Eu, por outro lado, virei os olhos para os dois.

– Ele pode odiar o que quiser – eu disse a ela. – Você sabe que ele ama nos foder. Não é como se ele fosse parar. Eles nunca param.

– Você quer dizer que ele ama te foder – ela sussurrou de volta, e eu fiz um som rouco. Ela estava certa. Eu ficava atrás do rosto dela como um espírito bonzinho, sha, como uma besta na coleira.

Quando o menino nos levou para a igreja, Ada levantou no carro para colocar a cabeça para fora do teto solar e sentir o vento batendo em seu rosto.

– Volta para dentro do carro – ele repreendeu.

Ela olhou para baixo, para o rosto dele, e sentou.

– Qual é o problema?

Ele manteve os olhos fixos para frente, encarando o para-brisa, o rosto sério.

– Minha namorada não pode fazer esse tipo de coisa.

Ada levantou as sobrancelhas e eu bufei dentro dela, mas nenhuma de nós disse nada. Depois da cerimônia, Ada foi na direção do outro carro, para voltar para casa com o resto da família – o menino tinha algumas coisas para fazer.

– Ei vocês, cuidem da minha esposa – ele gritou para a mãe, a irmã e o irmão mais velho. A voz dele sobrevoou o gramado verde e ele estava sorrindo como o sol, e todos riram afetuosamente, e Ada corou.

Depois de eu cortar os cabelos da Ada, o menino não gostou, mas mesmo assim rezou com Ada quando a deixou no aeroporto porque, de algum jeito, ele tinha se tornado namorado dela. Quando ele rezou, Ada segurou suas mãos, fechou os olhos, e fingiu que conseguia sentir Yshwa perto dela. Ela não sentia, é claro, não mais, mas eu a estava ajudando a mentir melhor.

Depois de visitar Saachi, Ada voltou para a Virginia para o último ano na universidade. No primeiro dia de volta, ela atravessou o refeitório e colocou a bandeja em uma mesa. Uma das amigas da equipe de corrida sentou ao lado dela, balançando o rabo de cavalo.

– E aí, Ada. Como foi o verão?

Ada deu de ombros.

— Foi legal. Fui para a Geórgia, visitei minha mãe, fiz sexo. Sabe, o que sempre faço.

A amiga gritou. Todos sabiam que Ada nunca tinha sido tocada daquele jeito antes.

— Menina, o quê? Você transou?

Ada sorriu e as duas se desmancharam rindo.

A amiga estava assentindo e orgulhosa.

— Pois é, quando te vi atravessando o refeitório, dava para perceber, sabe? Eu disse, "É, ela tá andando diferente".

Me perguntei se isso era verdade. Eu estava aparecendo tanto assim? Será que eu tinha entrado no andar de Ada, no jeito que ela movia a cabeça, no sorriso? Ela continuou esticando a boca e rindo com eles, mas eu sabia que ela estava aliviada por eles a estarem tratando como se ela fosse normal, agora que ela não era mais uma virgem certinha. Mas por dentro, eu sentia o cheiro: ela ainda se sentia envergonhada, poluída pelo pecado. Ela não havia voltado para seu cristo, Yshwa. Em vez disso ela foi ver aquele outro menino com quem tinha conversado durante o verão, aquele outro irmão de uma amiga, o que estava lá quando ela deixou Soren. Ada pensou que conseguiria amar este novo menino. Se tinha conseguido amar Soren, por que não esse? Mas enquanto eu o estava beijando no colchão azul do dormitório de Ada, deslizei a mão dela para o meio das pernas dele e recuei com a fineza do pênis.

— Não dá para trabalhar com isso — eu disse à Ada, e acabei com a paixão.

Ela não discutiu comigo. Fiz que ela ligasse para o irmão de Itohan, e ela terminou com ele.

— Eu já estava me sentindo solteiro mesmo — ele disse. A voz estava petulante.

— Que bom — eu disse à Ada. — É melhor assim.

— Se você diz — ela respondeu, e desligou.

No verão seguinte, voltamos para a Geórgia, e eu foquei minha atenção no irmão mais velho de Itohan. Ada nunca me perdoou pelo que eu fiz com ele.

***

Ela não vinha perdoando muito, falando sinceramente. Nem a mim, nem a ela. Antes de Soren, ela era obcecada com o cristo, aquele Yshwa. Ela o amava, ou, para ser mais exata, ela o adorava e o venerava, e é exatamente assim que ele gosta. Ela vivia por ele. Eu nem sei por que – ele nunca esteve lá por ela, não como eu, nem perto. Ele não se materializou nem quando ela era uma menininha, quando ela precisou muito, muito dele. Como é possível deixar uma criança sozinha daquele jeito? Mas que seja – é idiota pensar que deuses realmente se importam com você. Ada parou de falar com ele depois que eu nasci, tudo por causa daquela promessa de abstinência que fizera, que é outra coisa que eu não entendo. O corpo dela significava mais para mim do que jamais significara para ela. Prometer abstinência era como prometer não brincar com uma arma que ela nem gostava mesmo. Depois de Soren fazer o que fez, Ada afastou-se de Yshwa e caiu direto em meus braços, onde era o lugar dela. Os ensinamentos de Yshwa falavam muito de arrependimento e perdão e de ser branco como a neve de um cordeiro descolorido, a ideia geral sendo que você pode cagar tudo e começar de novo, e Ada acreditou nisso até eu nascer, e então não acreditou mais.

Ela tentou, já que parecia uma traição perder a fé assim tão profundamente, estar tão perdida, mas ela simplesmente não conseguia acreditar que algum dia seria limpa novamente. Agora que eu estava lá, com minha pele escorregadia e cabelos molhados, ela provavelmente estava certa. Eu não podia ser extirpada. A vida se move em uma única direção e as coisas não voltariam a ser como eram: iluminadas e intocadas, com Ada ignorante sobre o que nosso corpo compartilhado significava agora e para o que ele podia ser usado. Tudo que importava era o seguinte, e eu disse a ela – eu tinha que usar o corpo primeiro, antes deles.

Yshwa não desistiu de Ada, o que era tocante, acho. Ele começou a se materializar dentro da mente dela, como se fosse um de nós, como se lá fosse seu lugar. Ele estava tentando alcançá-la, mas eu nunca gostei dele, então o bloqueava sempre que possível. Ele tinha luz demais dentro de si, estava sempre sendo refletida no mármore e entrando nos meus olhos. Eu tinha que puxar as sombras só para absorver tudo aquilo. Mas não era difícil mantê-lo longe de Ada; ela não acreditava nele mesmo, que ele a aceitaria de volta. Yshwa ficava tentando dizer-lhe o que ela levaria três anos para escutar, que ela não tinha feito nada de errado, mas ela estava tão machucada e quebrada que não ouvia nada. A única que o estava escutando era eu, e ele percebia que eu não me importava. Yshwa tinha um jeito de olhar para mim, com uma cara meio carinhosa, meio triste, a cabeça inclinada para um lado e escuridão pendurada em seus ombros, das sombras que tentei jogar nele.

– Só estou tentando ajudá-la, sabe – a voz dele era tranquila e gentil. Não me importava.

– Não me importa – eu disse. – Só vai embora.

– Quero te ajudar também. Posso te ajudar também.

– Não preciso da sua ajuda. Vai embora.

– Aṣụghara – ele disse, e meu nome parecia um riacho borbulhando na boca dele.

Entrei e saí impacientemente. Ele estava sentado com as pernas cruzadas no mármore, vestindo linho da cor de ossos, os cabelos curtos e encaracolados desta vez. Fiquei nos olhos dela, olhando para fora, vestindo preto fosco. As sombras tinham facilidade em grudar em mim.

– Você acha mesmo que o que está fazendo com Ada está ajudando? – ele perguntou, e senti minha raiva fazendo minhas unhas crescerem, longas e pontudas, vermelho-escuro como o sangue dele uma hora depois de o perfurarem. Cruzei os braços e olhei para ele. Queria que ele fosse embora.

– Você está brava comigo? – ele perguntou.

– Não quero você aqui – eu disse. – Você a deixa triste. Faz ela lembrar de muita merda. Você sabe que eu estou pouco me fodendo para você, mas você ainda é importante para ela, e isso – sinalizei a presença dele no meu mármore –, só o que isso faz é deixar as coisas mais difíceis. Para ela.

Ele me olhou como se eu fosse uma ferida.

– Você está tão longe de casa – ele disse, tão baixinho que achei que estivesse falando consigo. E continuou – Eu não vou deixá-la. Entendeu?

– Então você é um idiota – estourei. – Não importa que você diga que vai deixá-la ou não. Você não quer me escutar: Ada não conversa mais com você.

– Ela conversa comigo o tempo todo – Yshwa replicou. – Ela está chorando, gritando, a menina pede perdão o tempo todo. Tem tanta culpa cobrindo os olhos, que cobre todo o resto

Ri da cara dele. Deuses sempre pensam que tudo é sobre eles.

– Biko, isso não é conversar. Isso é basicamente ela se despedindo de você. Quer dizer, você está atrás dela, eu, na frente. Na verdade, estou ao redor dela. Estou em todo lugar. Ela me conta o que tem vergonha demais de te contar.

– Você é o que a deixa envergonhada – ele me lembrou. – E eu escuto tudo, de qualquer jeito.

Eu estava impressionada com quão bem estava controlando minha raiva.

– Palmas para você. Ela ainda não está falando com você. Agora vá embora.

Ele se levantou, muito alto ao meu lado.

– Eu estarei aqui, Aṣụghara. Ada sabe disso.

Aṣughara

— Ela tem a mim — não pude evitar rosnar para ele quando falei. — É o bastante.

Yshwa tocou minha bochecha e sua mão parecia molhada como seda.

— Não tenho vergonha de você — ele disse, como se fosse nada. — Você sabe que eu te amo.

Afastei minha cabeça.

— Vai se foder.

Ele me lançou aquela merda de olhar de novo quando foi embora, o desgraçado ressuscitado, mas não liguei, estava feliz por ele ir embora. Ele não ia consegui-la de volta. Ada era minha, afirmei a mim mesma, no meio do mármore vazio.

Ela era minha.

Capítulo Oito

O fundo do seu cérebro está aberto.

Nós

Permita-nos interromper; estes nascimentos são ecdises complicadas, deixam peles por todos os lados. Mas pode ter certeza, a presença de Asụghara não significava nossa ausência, nunca. Nós nos retraímos quando ela avançou, é verdade, mas somos muitos e ela era só um de nós, um eu-besta, uma arma que precisava ser utilizada. Permitimos que ela montasse A Ada, deixamos que a história se desenrolasse – ela tem muitas camadas, como nós. Aqui está uma delas: a história dos outros deuses.

Já lhe contamos sobre alguns deles – Yshwa, por exemplo. Ala, a comandante dos deuses menores, nossa mãe. Mas existem outros, e qualquer um que saiba de qualquer coisa sabe disso, sabe dos passageiros clandestinos divinos que foram junto quando os corruptores raptaram nosso povo, o que os cascos inchados carregaram por mares intumescidos, as máscaras, a pele dentro dos tambores, as palavras sob as palavras, a água na água. As histórias que sobreviveram, os novos nomes que assumiram, o temperamento de velhos deuses varrendo novos territórios, a música tomada que é a mesma música deixada para trás. E, é claro, os humanos que sobreviveram, os eleitos entre eles, aqueles de branco, aqueles chacoalhando conchas e jazidas minerais, os afligidos, os escolhidos, os que seguem, trabalham e servem porque o chamado é transmitido pelo sangue, não importa em quantos oceanos você derrama a morte.

Aqueles humanos nos reconheciam com facilidade; é como se eles pudessem sentir nosso cheiro debaixo da pele de A Ada ou nos perceber no ar que pairava ao redor dela. Depois de A Ada sair de casa e ser enfiada naquela cidadezinha nas montanhas, ela encontrou um desses humanos, a menina dominicana com os charutos. O nome dela era Malena e ela era filha de Xangô, de Santa Bárbara. Ela conheceu A Ada em um encontro da fraternidade de serviços comunitários a que as duas haviam se juntado, antes de A Ada conhecer Soren, antes de Asụghara chegar com o terceiro nascimento-esfolamento.

As duas, Malena e A Ada, ficavam sentadas nas varandas de tijolos vermelhos dos antigos prédios da universidade e fumavam charutos juntas, escutando os chamados afiados dos palos dominicanos cortando o ar nas costas curvadas de tambores e sons de sementes. Em uma dessas noites, lançamo-nos pelo corpo de A Ada, dançando com as palavras que podíamos e não podíamos ouvir, o ar escuro ao nosso redor. Malena nos assistiu por olhos semicerrados, um charuto na boca vermelha e branca, fumaça envolvendo seu rosto.

Em outra noite, o corpo de Malena estava lá, mas Malena não estava, e um santo de voz profunda usou os músculos da boca dela. Ele deu à A Ada uma mensagem para entregar para Malena quando ela recuperasse o corpo, algo de que não lembramos agora, mas isso é esperado: a mensagem era para Malena, não para nós, afinal de contas. Quando A Ada transmitiu a mensagem, Malena não pareceu afetada; era normal para ela, ser montada e deixada por santos, deuses e espíritos. A Ada ficou admirada, mas nós a respeitamos. Amávamos Malena porque o cheiro dela era como o nosso.

Mas todas essas coisas novas não mudavam nada; ainda éramos ọgbanje, e em casa, nossos irmãosirmãs guardavam muitos rancores de nós – por termos nascido incorretamente, por não termos voltado, por termos cruzado o oceano filtrado com morte. Mesmo assim, ainda éramos parte deles. Nenhuma de suas queixas poderia mudar isso e eles sabiam, então nos enviavam mensagens, lembretes de quem éramos, migalhas de pão para quando

A Ada desobstruísse os ouvidos e entendesse o peso costurado em seu estômago. Eles a empurravam na direção de Malena, colocavam palavras debaixo da língua de Malena.

– Alguém quer sua cabeça, Ada – ela nos disse. – Em casa. Algo quer que você volte para casa.

– Quem? – A Ada não sabia as coisas que sabíamos. Nada disso se assemelhava a qualquer coisa para ela.

– Não sei – Malena tirou o cabelo preto do rosto e serviu um copo de Johnnie Walker. – Esses são deuses da África ocidental, não meus, então não consigo falar com eles daquele jeito, sabe?

Mas ela nos contou outras coisas.

– Você é filha de Santa Marta – ela disse, logo no início. – La Dominadora.

A Ada pesquisou online e nós todos examinamos a imagem importada na tela do computador: uma floresta espelhada de cabelos pretos nascendo do couro cabeludo, as extensões escamosas dos embaixadores de nossa mãe enrolados nas mãos de Santa Marta. Era tudo a mesma coisa, um milhão de mães com um milhão de nomes, todas deslizando as línguas rápidas por caminhos desobstruídos até nossa espinha.

Perguntamo-nos – o que Ala teria dito sobre a afirmação de Malena de que Santa Marta era mãe de A Ada? Um deus antigo para um mais novo, mais jovem. Santa Marta, a que eleva os ventos e desvela os ossos, enquanto os humanos fazem subir pináculos circulares de gesso em nome de Ala, rastelando cinco fileiras na terra ao redor. Ala, o deus que provê filhos com as duas mãos e os assiste se multiplicarem como folhas se arrastando por cima da terra, sete mares rugindo sob seus pés. Talvez ela chamasse Santa Marta por seu outro nome, Filomena Lubana, e advertisse que ela não enviasse o marido para dentro dos sonhos de A Ada. San Elias, El Barón del Cementerio, o Barão. Veja, quem guarda o mundo inferior guarda o ventre de Ala; são o mesmo lugar. O Barão pulou uma ilha para dentro de vinte rios para colocar seu nome na língua de A Ada, então ela o chamou. (O que fazer quando Iwa quer você? Não, isso é outra história – esqueça o Barão.) Seria um aviso, decidimos, Ala para Filomena Lubana, um aviso de que a criança não era dela. Nove Marta gestou, e nove Marta enterrou. A Ada sempre pertenceu a Ala, e Ala não costuma dividir. Pode levar esses ovos vermelhos e mel.

Na Virgínia, Malena assistiu a arranhões e cortes coagulados aparecerem nos braços de A Ada. Ela falava com seus santos e os santos falavam com ela.

– Eles me disseram que você ia se matar – ela falou para A Ada, anos depois. – Quando estávamos na universidade. Você lembra? Você começou a quebrar vidros, se cortar? É. Eram eles – fumaça de charuto. Boca de uísque. – O seu africano, ele estava em cima de você e você não conseguia afastá-lo. Você estava me dizendo que simplesmente não conseguia mais.

A Ada escutou em um trem vagaroso se arrastando pelo deserto do Sudoeste, afastando-se da casa de Saachi, na direção do Pacífico. Malena estava em Nova York, bem no meio do Queens, a voz já com dez anos de familiaridade.

– Eu salvei sua vida, Ada – ela nunca contou para A Ada que trabalhos havia feito ou como eram os rituais, só que eles eram necessários. – Eu segurei muitas coisas que iam te machucar – ela disse. – O problema é que quando você tem santos, santos antigos, tentando se comunicar com você, eles não entendem. É tipo tentar falar com seu ta-ta-ta-tataravô sobre a internet.

Perguntamo-nos por que Malena nos observava, por que ela se importava, quem a havia mandado.

– Obrigada – disse A Ada, sorrindo no telefone, a cabeça descansando no vidro quebrado da Amtrak.

– Você está louca? – Malena zombou, milhares de quilômetros pesando ali. – Eu te amo. Eu faria qualquer coisa para te ter na minha vida. Eu não queria te contar porque no final das contas você é minha irmã, e o que é que eu não faria pela minha irmã e meu sangue.

Ela parou para gritar em espanhol com alguém do seu lado da conexão e voltou para a linha, a voz firme.

– Você teria feito o mesmo por mim.

É como dissemos, nós a amávamos, desde o tempo em que todos vivíamos nas montanhas, pelo modo como ela nos amava, todos nós, e por nunca ter feito A Ada sentir-se insana. Pela maneira como era uma testemunha. Ela trabalhava para os outros deuses, sim, mas nos amava e talvez tenha mesmo ajudado a salvar A Ada; talvez seus trabalhos tenham sido parte do rasgar de véus que trouxe Asụghara para cá, o terceiro nascimento. Não conhecemos estes outros deuses, então não podemos verificar o impacto forjado por seus trabalhadores. Mas era uma pequena misericórdia estar por perto destes humanos que podiam nos ver piscando debaixo da pele de A Ada. A pior parte da corporificação é ser invisível. Quando A Ada casasse, talvez fosse melhor que casasse com alguém assim. Mas ela estava insistindo em ser humana e casou com um humano. Ele era uma força humana, verdade, com olhos de tempestade e mãos como um futuro, mas ainda era só um humano.

Nós devíamos tê-la guardado para um deus.

Capítulo Nove

Mgbe nnukwu mmanwụ pụta, obele mmanwụ na-agba ọsọ.

Ada

Eu não tenho nem boca para contar esta história. Estou tão cansada na maior parte do tempo. Além disso, o que quer que eles digam será a versão mais verdadeira dos fatos, já que eles são a versão mais verdadeira de mim. É algo estranho para se dizer, eu sei, considerando que eles me enlouqueceram. Mas não me oponho por completo à loucura, não quando acompanhada com tanta clareza. O mundo em minha cabeça tem sido muito mais real do que o de fora – talvez esta seja a exata definição de loucura, pensando bem. É tudo um segredo que precisei manter guardado, mas não mais, não agora que você está lendo isso. E tudo deve fazer sentido; eu não queria estar sozinha, então os escolhi. De muitas formas, veja, eu nem sou real.

Quando eles falam de humanos com tanto desdém, nunca sei se eles estão falando de mim também. Às vezes me pergunto até se existe um eu sem eles. Eles falam sobre Ewan, o homem com quem casei, como se ele fosse nada, porque era só carne. Mas eu o amava e isso o tornava mais do que humano para mim. O amor é assim transformador. Como pequenos deuses, pode despertar o profeta em você. Você se vê vendendo sonhos de espetaculares além-mundos, possíveis somente se você acreditar, se você acreditar mesmo, mesmo. Então, por amar Ewan, ele, de algum jeito, tornou-se um deus. Não digo isso como algo bom – ele me fez sofrer, mas mesmo assim forjei ídolos em seu nome, como as pessoas fazem por seus deuses há milênio. Não acabou ali. Quando os anos se acumularam e expuseram as rachaduras em Ewan, eu as cobri com ouro e bronze. É isso que você faz pelos ídolos que cria. Mas eu o amava, de verdade, e ele me amava, e esse era o perigo – existe alguma história em que um humano amou um deus e tudo acabou bem? Eu estava tão ocupada fingindo ser normal naquela época, não sabia o bastante para pensar nisso. Então talvez ele tenha me feito sofrer, mas quanto a carne pode ferir um espírito, de verdade? Quem você acha que estará mais machucado no final?

Veja, você me pegou. Estou falando como se fosse eles. Tudo bem. De muitas formas, eu nem sou real. Eu nem estou aqui.

Capítulo Dez

Você se sente real quando ele te toca ou você ainda se sente morta?

Asụghara

Eu ainda não tinha nascido quando Ada conheceu Ewan, mas posso contar a história mesmo assim. E até fico feliz por não ter estado lá. É bom que Ada tenha passado por isso sozinha, antes de nós chegarmos.

Assim como eu e Soren, Ewan aconteceu na Virgínia. Era inverno e estava acontecendo uma festa na casa do tênis, corpos se esmagando na multidão do primeiro andar e música batendo contra o gesso das paredes. Ada tinha subido até um dos quartos, onde o som se extinguia em melodias de reggae e luz azul saindo da tela de um computador. Ewan estava sentado na cama com as costas apoiadas na parede, mas ela não sabia quem ele era; ela nunca o vira nem o notara antes daquela noite. Um amigo os apresentou e Ewan era simples, charmoso, confortável. Logo Ada estava sentada ao lado dele, os dois conversando enquanto pessoas entravam e saíam do quarto, fumaça abrandando o ar ao redor deles. Ewan era irlandês, tinha olhos verdes, e era a estrela do time de tênis. Quando eles deram as mãos timidamente, Ada sorriu, nervosa. Ela tinha só dezoito anos e ainda era doce.

– Minha mãe diz que minhas palmas são ásperas – ela disse. Ada não se sentia delicada, nunca tinha se sentido. Aos quatorze anos, não cabia em vestidos que Saachi usara quando tinha vinte e cinco.

Ewan passou o dedão pela linha da vida dela.

— Não — ele disse, olhando para ela como se ela fosse cristal de casamento. — Elas são super macias.

Ada corou. Ela ficou com ele até os amigos com quem tinha saído estarem prontos para ir embora. O dia seguinte era um sábado e, como sempre, todos acabaram no Gilligan's. Ada procurou por Ewan a noite toda, mas ele não apareceu e o coração dela se apertou. Começou a relaxar, cautelosamente, ao encontrar um dos colegas de apartamento dele quando o bar estava fechando, e, contente com a sorte, pegou uma carona de volta para a casa do tênis. Ela passou um tempo com eles no segundo andar, tentando parecer de boa quando estava, na verdade, esperando e desejando. Finalmente, Ewan entrou no quarto e sorriu ao vê-la.

— Senti que era você — ele disse, e levou-a para seu quarto, onde ela o ensinou a jogar cartas enquanto ouviam Maxwell. Eram quatro da manhã, mas Ada tinha conseguido o que queria: vê-lo. Ela sempre conseguiu o que quis, mesmo antes de eu chegar. Havia uma foto emoldurada de uma menina de toga na cômoda, mas Ada não fez perguntas. Ela sabia que era melhor evitar certas respostas, e o momento com Ewan era importante demais para ser perturbado por aspectos de sua vida real. Só o que importava é que ele a fazia rir e que ela sentia tanta paz com ele, quase conseguia enxergá-la no ar. Quando ele se aproximou para beijá-la, ela sentiu o gosto nítido de fumaça em sua carne e conseguia ver o contraste da pele dele contra a dela. Era seu primeiro beijo com uma pessoa branca, e ela se perguntou brevemente por que ele não tinha lábios. Ele não parecia real, desde a espessura opulenta da voz até o peso das consoantes enroladas e as coisas sobre sua vida que pareciam ter sido tiradas das memórias de Frank McCourt que ela tinha lido quando criança. Ele parecia uma saída, então Ada passou a noite enrolada e enfiada em seus braços enquanto ele colocava Al Green para tocar para ela. *Vamos morrer hoje*, ela pensou. *Eu poderia ficar aqui para quase sempre.*

Ela voltou para seu dormitório de manhã. Era semana de provas finais, então ela continuou estudando, e à tarde encontrou Ewan por acaso na biblioteca. Ele se debruçou para o lado de fora de sua baia para dividir os fones de ouvido com ela.

– Escuta isso aqui – ele disse, e colocou Amos Lee para tocar. Ada anotou o nome da música e Ewan deu-lhe um beijo na bochecha e foi embora.

À noite, ela foi à mostra final de uma matéria de fotografia, porque tinha sido modelo para uma amiga e conhecia Juan, outro estudante de fotografia. Ele era do México, esbelto e marrom e lindo. Morava na casa do fim da colina com Luka, e queimava pacotes e pacotes de incenso India Temple. Uma noite, ele e Ada haviam sentado e conversado sobre como seria maravilhoso se eles soubessem tocar violino. Juan tinha rido e jogado a cabeça para trás. "Eu ia só sentar na varanda com uma tigela de erva e tocar o dia todo, cara". Ele tinha segurado um arco imaginário e tocado cordas imaginárias, e Ada tinha desejado que tudo isso fosse real, que ela estivesse naquela varanda com ele e a música e nada mais.

Na mostra, quando eles ergueram a primeira impressão de Juan, Ada quase se engasgou. Todas as fotografias eram de Ewan.

O ar ao seu redor ficou espesso. Conforme eles colocavam cada impressão em uma prateleira iluminada, um peso começou a pressioná-la, esmagando-a com cores e reflexos e texturas. Lembrou-se de tudo que pensava ter esquecido das noites anteriores: o cachecol ao redor do pescoço de Ewan com o trevo verde-floresta na ponta, fumaça encobrindo sua boca, o gosto nos lábios e na língua dele. Ela observou a sala, imaginando se alguém tinha percebido o quanto ela fora afetada pelas fotografias. Ewan já tinha ido embora para as férias de inverno. Ele não estava mais lá, e ela tinha sido deixada para trás, asfixiada por sua imagem.

Bem depois, eu descobriria que Ewan sempre tinha o gosto de alguma droga, mesmo em suas ausências. Mas naquela noite, foi

Ada que deitou na cama do dormitório e deixou a sensação dele alargar suas veias. Ewan lhe parecia uma loucura melhor do que qualquer outra antes. Ela virou de bruços e pegou o diário para escrever para ele, já que ele não estava lá.

"Estou voltando à sanidade", ela escreveu, "ao mundo real. Mas nunca vou esquecer como foi me sentir comovida por sua beleza. Você me fez sentir tão viva e tão certa, e eu sei que no mundo real não vou sentir nada por você e vou seguir em frente, e seguiremos estas regras porque quando se trata de sobreviver, é o que precisamos fazer. Tenho inveja da sua menina, a que tem seu coração. Se você algum dia precisar de um tempo deste mundo, me liga. Vou até você correndo e vamos matar um tempo."

Ewan não voltou no semestre seguinte.

Ada lhe enviou um e-mail pelo sistema da universidade e, depois de semanas, desistiu de receber resposta. As aulas começaram sem ele, as festas pulsaram pelas casas e ele não estava lá, e, bem rápido, tudo que ela tinha sentido por ele parou de parecer real mesmo que remotamente. Não é possível sustentar uma loucura como aquela sem a presença de seu objeto. Ada logo teve outros problemas com os quais lidar, de qualquer maneira. Soren, e depois eu, meu nascimento ruidoso, o verão na Geórgia, e daí todo voltamos para a Virgínia. O calor de agosto estava batendo através das janelas de vidro da academia da universidade quando Ada viu Ewan novamente. Eu estava dentro do cômodo marmóreo quando senti o coração dela tremer e virei a cabeça rapidamente para olhar para ele.

– Espera – eu disse – quem é aquele?

– Ninguém – ela disse, sorrindo ao cumprimentar e passar reto. – Um fantasma. Não se preocupe com ele.

Olhei de volta para ele enquanto nos afastávamos.

– Você sabe que não consegue mentir para mim. Ele é importante? Ada respirou fundo.

— Veremos.

Fiquei curiosa. Fui para as memórias dela e pesquisei tudo que precisava saber. Ela não esperava muito do retorno dele, isso era verdade. Muita coisa tinha acontecido, muita dor.

Mas naquele sábado, Ada estava no Gilligan's e Ewan a interpelou na pista de dança, bêbado, o sotaque tropeçando para fora com força.

— Você é a pessoa com mais classe que eu conheci neste lugar — ele disse. — Passa lá em casa. Vamos ouvir música de novo.

Ada observou a nuca dele enquanto ele se afastava. Ficou pensativa. Àquela altura ela já estava acostumada comigo, já que tínhamos passado nossos primeiros meses juntas. Eu gostava disso porque, comigo lá, ela ficava menos sozinha. "O que você acha?", ela me perguntou.

Não precisei nem considerar. "Ah, acho que devíamos ir", eu disse, um pouco egoísta, porque só queria ver e confirmar se aquela química nas memórias dela era real, se os dois fariam a coisa acontecer de novo. Qualquer um que parecesse uma droga era uma pessoa por quem eu me interessava. Desde que tinha rejeitado aquele com o pênis fino, eu estava tão entediada. Sentia falta de ter brinquedos para brincar.

Alguns dias depois, descemos a colina até a casa para a qual Ewan havia se mudado, um pouco acima da casa do Luka. Ada estava nervosa porque não tinha muita certeza de que seria bem-vinda lá. Ewan estava bêbado quando a convidou — talvez não tivesse falado sério. Na casa, os meninos tinham recém voltado do treino, raquetes e suor por todo lado.

— Ai, deus — Ada sussurrou para mim quando entramos. — O que estou fazendo aqui?

— Espera aí — eu disse, encostada em seus olhos. — Lá está ele.

Ewan olhou por cima do sofá onde estava e levantou num pulo, recebendo Ada com um sorriso surpreso. Ele não esperava que ela aparecesse, mas estava claramente contente por ela estar ali. Assisti, fascinada, a eles saindo de casa e andando pela Rua Principal, até o café, onde ele e Ada sentaram e ela colocou Nina Simone para tocar em um par de fones de ouvido compartilhados. As montanhas eram altas e verdes ao redor deles. Sentei em Ada e não interferi, cuidando da minha vida para variar.

Ela nunca deu a ele o número de seu dormitório e eles nunca trocaram e-mails nem planejaram nada. Ada apenas descia a colina com a grama roçando os tornozelos, raios de sol frescos na cabeça, o quarto dele no fim da jornada. Eles escutavam música, conversavam, e ela começou a passar a noite de vez em quando, deitava nos braços dele debaixo de três cobertores quando o clima esfriou. A cama dele era um colchão encaixado atrás de uma cômoda e encostado na parede. Eles nem se beijavam. Não sei por que eu deixava os dois em paz – talvez eu sentisse que ela tinha mais direito a ele porque eles tinham se conhecido antes de eu nascer. Mas ele era diferente, sabe; ele não era alguém que eu precisava caçar. Ele não queria machucá-la. Ele nem tentava tocá-la. Então eu pude, ao menos por um tempo, permitir que eles continuassem.

Às quartas-feiras eles dançavam encostados no bar do pub irlandês, e aos sábados, na pista de dança do Gilligan's. Ewan amava os cabelos curtos de Ada e ela comparava isso ao irmão mais novo de Itohan, que tinha lhe dito enojado que ela ficaria parecendo um menino. Com Ewan, eles só ouviam música e falavam sobre suas infâncias, e era tudo bonitinho e inocente se você esquecia que eles eram humanos que tinham um coração. Com o tempo, eles começaram a se perguntar o que exatamente estavam fazendo, e foi assim que eles acabaram no sofá do quarto de Ewan, os dois nervosos e incertos.

– Eu tenho uma namorada – ele disse.

– Eu sei – disse Ada. Eles se olharam.

– Eu já a traí, com outras meninas.

Eles tinham evitado essas verdades porque isso era o mundo real, aquele que não deveria interferir na bolha deles. Falar do assunto assustava Ada pra caralho. Ela não queria passar por isso sozinha, então foi me buscar. Eu apareci, mas entrei gentilmente porque ainda não era hora de brigar. Ela só precisava de certa frieza, um pouquinho de desumanidade. Encarei Ewan de volta com os olhos dela.

— Ok? — eu disse.

— Não posso fazer isso com você — ele explicou. — Seria diferente, eu já sei. Eu me importaria demais, me envolveria emocionalmente — as palavras dele flutuavam até o teto antigo.

Dentro do cômodo marmóreo, olhei para Ada e ela balançou a cabeça. Ela não estava atrás de nada. Não acreditava mais nisso.

— Você tem certeza? — perguntei.

Ela encolheu os ombros, abraçando a si mesma.

— Eu o encontrei e ele me faz feliz. Isso basta para mim. Quem precisa da eternidade?

Assenti.

— Sem wahala. O que você quiser.

Voltei-me para ele.

— Não quero um relacionamento com você — eu disse, como se nada disso importasse. Indiferente, lânguida, casual. — Gosto de você. Você gosta de mim. Simples assim.

Ewan riu e Ada sorriu para ele e a bolha permaneceu segura. À noite, na cama dele, Ewan segurou o rosto dela e a beijou por todo o tempo que eles tinham esperado.

Quando Ada o beijou de volta, foi muito diferente daquele primeiro beijo, o que aconteceu antes de eu nascer. Ela não conhecia o desejo naquela época. Desta vez, ela tinha a mim, e ele tinha retornado, então ela bebeu a fumaça da boca dele como se fosse ar. Eu quase não precisei estar presente.

A namorada dele permaneceu um rosto pálido em um porta-retratos em cima da cômoda. Ada continuou a fluir pela vida de Ewan: nada a segurando, nada a mantendo, nada a empurrando para longe.

Aşughara

Uma noite no pub irlandês, ela dançou uma música da Shakira com um amigo brasileiro, seus quadris íntimos, movendo-se de um jeito que os de um menino branco não conseguiam. Ewan ficou sorrindo para ela do bar, onde ele estava com os amigos.

– Não senti nem um pouco de ciúmes, sabia – ele disse depois, quando ela estava em seus braços.

– Por que não? – ela perguntou.

Ewan sorriu de novo, confiante.

– Sei que é de mim que você gosta

Ele estava certo. Mesmo assim, por um tempo tudo que eles fizeram depois de sair à noite foi deitar na cama dele, ficar se beijando e dormir. Todos sabiam sobre os dois. O melhor amigo dele não conseguia acreditar que eles ainda não tinham transado. Mesmo eu, sef – às vezes não conseguia acreditar que ainda não tínhamos transado. Luka tinha desistido de Ada porque ele e Ewan eram bons amigos e era óbvio quem ela tinha escolhido. Eu sabia que era a escolha certa. Tudo com Ewan estava acontecendo em um ritmo diferente, um no qual eu não estava interferindo, um que ninguém tinha oferecido à Ada antes. Eu não ia cagar isso para ela. Meu trabalho era estar lá caso ela precisasse. E também, eu gostava do Ewan. Ele era um típico bad boy, afinal de contas – mais velho, popular, um escritor que bebia o tempo todo e fumava maconha e cigarros e perdia a consciência regularmente. Ada era a estudante modelo – ela era a representante da turma de graduação e, aos dezenove anos, a mais nova entre eles. Todos na universidade, assim como na Geórgia, enxergavam somente a ela e não podiam me ver. E tudo bem. Sem wahala. Eles não precisavam me ver para eu ser quem era.

Uma noite, Ewan virou para Ada no pub. "Nós temos negócios para acertar", disse, os olhos enrugando com um sorriso. Se ela não entendeu o que ele quis dizer, eu entendi. Sei reconhecer minhas deixas. Mas Ada não viu problema. Ela gostava dele e eu gostava dele, então tudo funcionou bem. Exceto que Ada ainda era Ada e eu ainda era eu, e era aqui que nós nos sobrepúnhamos. Ela não tinha uma capacidade para desejar que fosse profunda o bastante para foder, nunca teve. Ada sempre foi consistente. Para esse tipo de coisa, ela recorria a mim. Somos a mesma pessoa, saca? Então naquela noite, quando Ewan tirou as roupas dela, eu, eu tomei meu lugar por baixo da pele dela. Eu tinha feito uma promessa. Não abro exceções.

Ela se apaixonou por ele semanas depois. Fico irritada só de lembrar. Eu estava me divertindo muito com Ewan antes disso porque, no fim das contas, ele tinha um lado negro também, um que se parecia comigo, uma coisa cruel e desumana. Eu o vi numa noite quando os olhos dele estavam frios e a voz estava seca, quando ele cobriu a boca da Ada com uma mão bruta enquanto me fodia. Quando ele terminou, ele saiu da cama e jogou uma toalha para Ada, acendendo um cigarro. Ada não disse nada e Ewan virou as costas para ela na cama, fechando os olhos. "Vamos", eu disse para ela, e a fiz colocar os sapatos no escuro pesado e sair quieta.

Foi Halloween uns dias depois e Ada apareceu na festa na casa de Ewan vestida como eu, com um corpete preto, uma sainha preta, botas até o joelho, e pele lustrosa. As amigas dela se aproximaram, rindo.

– E o que era para você ser? – elas perguntaram.

Sorri de volta com os dentes dela.

– O que vocês quiserem – eu disse.

Fiz Ada ir direto para o quarto de Ewan, depositando o corpo no colo dele. Ele colocou um braço sardento ao redor dela enquanto pessoas entravam e saíam.

– Tenho me sentido mal pelo que estou fazendo com minha namorada – ele confessou.

Ah, merda, pensei, *sentimentos*. Fico imaginando como a conversa teria sido se ele tivesse interagido com Ada naquele momento. Ela provavelmente teria simpatizado; ela sempre respondia à honestidade e à vulnerabilidade, era doce desse jeito. Mas eu tinha o corpo dela naquela noite, então ele teve que lidar comigo e eu detesto quando as pessoas falam de sentimentos.

— É por isso que você ficou estranho pra caralho naquela noite? — perguntei. Ele fez uma cara estranha e eu enfiei um dedo nas costelas dele. — Não me vem com essas bobagens. Da próxima vez que estiver daquele jeito, melhor a gente nem foder.

Ewan ficou sério e olhou nos olhos de Ada, a voz muito pragmática.

— O que eu e você temos, é mais do que sexo — ele disse. — Estou basicamente em um relacionamento com você.

Praguejei quando ele disse isso — já sentia o coração de Ada batendo forte. Menina estúpida, estúpida.

Virei-me para dentro por um momento, só para lidar com ela. Ela estava enrolando as mãos uma na outra no cômodo marmóreo, as palavras dele ainda reverberando nas paredes.

— Não — eu disse, antes que ela pudesse enunciar sequer uma palavra. — Nem pensa nisso.

— Mas, Asụghara, ele acabou de dizer...

— Não! — lancei um olhar de raiva e ela ficou em silêncio. Eu sabia que estava acabando com ela, mas não havia outra opção. Não podia permitir que a esperança dela respirasse; precisava estrangulá-la. Eu a estava protegendo.

— Deixa que eu lido com isso — eu disse. — Fica aqui.

Voltei para fora e olhei para Ewan de forma cortante, deixando minha voz casual, mas afiada.

— Que pena pra você — eu disse. — Porque eu não estou em um relacionamento com ninguém.

Ewan riu e balançou a cabeça. Ele parecia cansado. Não foi a última vez que ele procurou por Ada, mas acabou me encontrando.

— Então o que você quer fazer? — perguntei. — Quer parar?

Ele olhou para mim e modificou o rosto, trancando as emoções, voltando a ser como eu gostava dele.

— É Halloween e tem uma menina de dezenove anos safada

vestindo uma fantasia preta indecente sentada no meu colo – ele disse. Ele tinha vinte e sete na época. – O que você acha?

– Que bom – respondi, e o beijei com a boca de Ada. Ainda não tinha enjoado de brincar com ele. Era ideal – Ada não tinha tempo de pensar em Soren ou no que ele tinha feito, mesmo estando de volta ao campus onde tudo tinha acontecido. Eu mesma quase não tinha pensado no meu nascimento. Estava ocupada experimentando brinquedos novos, como deixar Ada bêbada pela primeira vez. Se eu soubesse antes como o álcool seria útil para lubrificar minha relação com Ada e nos conectar, eu teria enchido a vida dela de garrafas. Mas aquela primeira vez aconteceu totalmente por acidente – ela bebeu muitos Smirnoff Ice com o estômago vazio, porque eu ainda estava fazendo com que ela não comesse, e ela já estava meio bêbada quando concordou em experimentar umas margaritas no bar.

Ewan não tinha saído com ela naquela noite, então os amigos de Ada a deixaram na casa dele depois do bar. Era inverno, mas ela estava vestindo uma minissaia solta e botas pretas. Era três da manhã e a porta de Ewan estava trancada por dentro. Os outros moradores da casa ainda estavam acordados, mas Ada não queria falar com nenhum deles; ela só queria dormir. Estava frio demais para subir a colina até o dormitório, e a sala de estar deles era imunda, então ela não podia dormir no sofá. Ela bateu na porta dele e chamou por ele, mas Ewan não respondeu.

– Você sabe que ele está bêbado e desacordado – eu disse. – Biko, derruba a porra da porta.

Eu gostava da Ada bêbada porque em vez de argumentar, ela concordava comigo. Ela precisava dormir, o quarto dele era a solução, e a porta era um obstáculo que precisava ser removido. Simples. Ela também tinha treinado karatê durante o semestre, o que era perfeito. O álcool a deixava mais como eu, fria e firme, e Ada calculou seus chutes circulares para aterrissarem precisamente na madeira pintada da porta.

O barulho trouxe o melhor amigo de Ewan para o andar de baixo.

– Que merda é essa?

Ada indicou a porta.

– O Ewan está desmaiado e preciso dormir, então estou derrubando a porta – ela explicou. Soltei uma risada dentro dela.

O melhor amigo olhou da Ada para a porta, e assentiu.

– Ok – ele estendeu um dos hambúrgueres do McDonald's que ele estava segurando. – Quer um?

Eles comeram e conversaram, e Ada pedia licença para chutar a porta com o calcanhar de poucos em poucos minutos. Ainda não tenho certeza de quanto dela era eu naquela noite, para ser honesta, mas posso garantir que era muito mais do que o normal. Estávamos sincronizadas e era maravilhoso.

O trinco da porta de Ewan entrava na parede, então quando a porta finalmente quebrou, foi nas dobradiças, o batente rachando e tremendo quando cedeu. Ada se espremeu pelo espaço estreito e deitou na cama com Ewan. Ele abriu olhos azuis sonolentos para sorrir para ela.

– Inacreditável – sussurrei para ele. – Quebrar a porta não te acorda, mas eu subir na cama, sim.

De manhã, Ada acordou sóbria e de ressaca pela primeira vez. Quando percebeu o que tinha acontecido, ficou tão horrorizada que não conseguia parar de se desculpar com Ewan. Ele achou tudo hilário. Todos os amigos dele também, mas por outros motivos. Eles espalharam a história que Ada estava tão desesperada para foder com Ewan que quebrou a porta dele. Ada achou tudo humilhante, mas eu afastei um pouco daquele sentimento. Os boatos não eram importantes. Essas pessoas não eram importantes – caralho, quase ninguém era importante. A porta quebrada ficou lá encostada até Ewan se mudar daquela casa. Ninguém consertou.

Tudo se acomodou em um ciclo. Ewan bebia e fumava como se estivesse morrendo. Ada bebia tequila, agora que eu tinha descoberto que isso a afundava mais em mim. Ela e Ewan fodiam e festejavam e lavavam e repetiam. Comecei a aparecer mais e mais. Na varanda da casa de Luka, sentada com Malena, descobri que podia apagar um charuto na palma de Ada e uma bolha se levantava. Malena só balançava a cabeça me olhando. Ela era a testemunha – a única pessoa que me via através da pele de Ada – e eu a amava por isso. Fiz Ada trocar os charutos de Malena por cigarrilhas finas de chocolate, e ela as fumava enquanto descia a colina até a casa de Ewan, deixando um gostinho de cacau nos lábios. Ele acordou uma noite e me encontrou de pé no escuro, o observando no corpo de Ada, uma silhueta escura com uma luz vermelha brilhando na boca.

Ele me chamou de demônio. Não me importei. Já tinha ouvido isso antes. Perguntei-me se ele percebia quando a perdia e acabava comigo.

– É assustador quando realizo todas as suas fantasias, não é? – eu disse.

Ele nunca devia tê-la tocado se queria continuar com ela, mas como ele ia saber? Humanos. Mesmo assim, eu não deveria ter ficado surpresa quando Ada se apaixonou por ele. Ela lia as histórias que ele escrevia, ele beijava a mão dela quando saíam e lhe dizia como era sortudo por tê-la, como era sortudo por ela tê-lo escolhido. Eu não discordava – ele estava certo, era sorte dele nos ter. Ada cozinhava jantares para ele e os meninos que moravam com ele, e eles sentavam à mesa de jantar, barulhentos e adoráveis, comendo dhal e parathas malaias. Parecia que, juntando as duas, conhecíamos os dois lados dele – o luminoso e o escuro, o bom e o cruel, um para cada uma de nós. Sabíamos do que ele era capaz, algo que sua namorada distante não sabia. Mas, enfim, Ada foi e se apaixonou e decidiu contar para ele, e eu não fiz nada porque ela teria discutido comigo por isso. O amor faz isso com as pessoas. Era mais fácil deixá-la ir em frente – eu podia protegê-la qualquer que fosse o resultado.

Eles estavam deitados na cama dele quando ela gaguejou as palavras, as frases quebrando conforme ela tentava lembrar do que ele tinha dito recentemente, que não importava o que as outras pessoas pensassem, que só eles dois importavam. Ewan foi paciente, o rosto perto do rosto dela, inspirando suas exalações, abraçando-a enquanto ela procurava coragem para quebrar o próprio coração.

– Se algum dia você fizer eu me sentir idiota por dizer isso, te mato – Ada disse, os olhos ardendo. Ewan sorriu um pouco e ela fechou os olhos bem apertado, respirando fundo. – Eu te amo – ela sussurrou, e a tristeza chegou bem rápido. – Desculpa. Sei que não foi o que combinamos, sei que só te pedi para nunca mentir para mim e nunca fazer eu me sentir vulgar, e você cumpriu a sua parte e eu não e me desculpa. É que eu não quero ninguém que não seja você.

– Ei, está tudo bem – Ewan passou os dedos pela bochecha dela. – Eu já sabia que era isso que você ia dizer, e eu sei que você precisou ser corajosa. Quando você sente algo tão forte, é bom botar para fora.

Ele não disse de volta. É claro que ele não disse de volta. Não estamos nesse tipo de história. Mas ele abraçou Ada por muito tempo, deitado de barriga para cima com a cabeça dela apoiada no ombro. A noite se aprofundou. Sentei sozinha no mármore e a deixei ter este momento com ele.

– Você pode virar de lado – Ada sussurrou. – Sei que você precisa dormir assim.

Ewan beijou a testa dela.

– Cala a boca – ele disse. – Para de tentar cuidar de todo mundo.

Todos viajaram para o feriado de Natal alguns dias depois. Ada foi ver Saachi e Añuli e não disse nada sobre Ewan porque não havia nada a ser dito. Quando ela voltou para a Virgínia, encontrou-o por acaso no Gilligan's e os olhos dele se acenderam. Eles ficaram perto do bar e contaram as novidades, inclinando-se para perto um do outro para bloquear os outros sons.

– Queria te comprar um CD que vi, mas achei que seria clichê demais dar à menina africana um CD com música africana – Ewan contou, e ela riu. Eles ficaram no bar até os dois perderem suas respectivas caronas.

— Vamos andar — ele sugeriu. Eram uns cinco quilômetros até a casa dele e ele segurou a mão de Ada durante o caminho todo, enquanto falava sobre a namorada, o quanto ele a amava, e que eles tinham falado de terminar.

— Uma vez você me disse que era mais honesto comigo do que já tinha sido com ela — Ada disse.

Ewan assentiu.

— É provável que isso seja verdade — disse.

Eles continuaram caminhando e Ada olhou para a imensidão do céu. Era estranho, ela pensou, estar aqui na Virgínia, com este homem, dentro da bolha que eles haviam construído.

— Que tipo de pais você acha que seríamos? — ela perguntou.

Ewan pensou um pouco.

— Acho que se um cara viesse e dissesse, "Eu tô comendo sua filha", nós só íamos olhar um para o outro...

— E dar de ombros — completou Ada.

— E diríamos "Quer saber? Tudo bem" — eles riram enquanto atravessavam a rua e cortavam caminho por um estacionamento.

— Você consegue imaginar como nossos filhos seriam?

— O que, a pele marrom com sardas? — disse Ada, rindo.

— E um afro ruivo — Ewan gargalhou, e assisti aos dois de dentro da cabeça dela, entretida. Que bonitinho. Eles falaram sobre como as famílias os receberiam — falaram como se as coisas não fossem impossíveis, como se escolhas já não tivessem sido feitas. Não interferi, ainda não. Quando eles chegaram no quarto dele e deitaram na cama, Ada hesitou.

— Não temos que fazer nada — ela disse. — As coisas mudaram, sabe, podemos voltar atrás e ser só amigos. Nada se quebraria.

Ewan sorriu.

— Você é linda e vai deitar do meu lado.

Ele a tocou e entrei em seus braços. Só posso ser o que nasci para ser.

Tenha certeza, eu queria que as coisas voltassem a ser como eram, livres e fáceis, mas Ada não conseguia. Era tarde demais, agora que ela o amava. Ela começou a se sentir culpada o tempo todo, imaginando como seria para a namorada dele se ela descobrisse sobre o caso. Era fácil imaginar a dor da traição – afinal de contas, Ada também o amava agora. Ela e a menina estavam basicamente no mesmo barco. Eu e ele éramos, para todos os fins, os vilões da história.

Além disso, Ada tinha tomado uma injeção de Depo Provera, uma carga de hormônios que a fez sangrar por oito semanas sem parar. Isso perturbou o frágil equilíbrio que eu e ela mantínhamos em sua mente, e ela tinha terríveis alterações de humor, uma depressão debilitante. Ada tinha uma bokken, uma espada japonesa de madeira, que uma noite ela usou para quebrar o espelho do dormitório, berrando em lágrimas enquanto o vidro caía pelo chão de madeira. Os cacos cintilavam em seus dedos e ela os rolava pela parte interna do braço, assistindo ao vermelho vivo que quebrava a pele marrom. Gemi dentro dela, ansiosa pela cor-mãe com que ela me alimentava. Estávamos nos distanciando. Ada sentou no chão cercada de uma centena de pedaços de espelho e chorou.

Catia, uma filha de militares que andava com ela e Malena, passou por lá para levar Ada almoçar. Ela viu a bagunça e o sangue e suspirou.

– Ai, Ada – ela disse. – Vamos limpar isso.

Gostava dela por isso, por nunca fazer Ada se sentir defeituosa. Ada a amava. Catia era quieta, mas forte, filha de um pastor. Numa noite em que elas foram até o Taco Bell, quando Catia estava dirigindo e Malena estava no banco de trás com Ada, elas pararam em uma loja de bebidas alcoólicas e Malena comprou sua tradicional garrafa de Johnnie Walker, derramando um pouco no chão antes de entrar de novo no carro. Ela ofereceu um pouco para Ada, mas Ada recusou. Agora que ela bebia, eu preferia que ela se restringisse à tequila.

Malena olhou para Ada e soube que ela estava pensando em Ewan.
— Ele te ama, Ada. Ele só não sabe ainda.
Ada franziu o rosto.
— É, tanto faz — disse.
Malena deu de ombros com as pálpebras meio fechadas.
— Você vai ver, mi hermana. Você vai ver.
Catia sorriu de leve para nós pelo espelho retrovisor, e Ada olhou pela janela, o coração doendo. Ewan tinha começado a reorganizar a vida depois de uma *bad trip* de Sálvia que ele tinha tido, na qual Ada viera até ele em uma visão, enviada pelo demônio. Ele disse que era ela, mas se o demônio fosse enviar alguém, a essa altura já sabemos — seria eu. Ewan só não conseguia ver a diferença.
— Claramente, nós dois somos católicos demais — brinquei, mas ele estava falando sério. Ele parou de fumar maconha; diminuiu a bebida e focou nos estudos. Ada estava muito orgulhosa dele. Eu estava assustada.
— Me livrei de todos os meus vícios — ele disse. — Menos de você.
— Você vai se livrar de mim? — Ada sussurrou. Senti o sabor do luto no fundo da garganta dela. Ela não queria ser só mais uma droga poluindo a vida dele, e não era, não era mesmo. Eu era, mas éramos uma, então eu não sabia o que lhe dizer.
Ewan olhou para ela, triste.
— Não sei se consigo — admitiu.
A coisa toda se tornou um ciclo, como normalmente acontece. Ada parou de dormir com Ewan, então eu parei de foder com ele, e ao invés disso eles cozinharam juntos na casa para a qual ele tinha mudado, fazendo nasi goreng em uma dança fluida na cozinha, com faca e tábua de corte, cebolas e carne, azeite e temperos. Ele agitava a wok e lavava a louça, e Ada estava muito feliz. Deixei-a em paz naquela noite — fazia tanto tempo desde a última vez em que ela tinha sido tão feliz. Ela o fez assistir *Sarafina!* e eles comeram chocolates Cadbury e dormiram e nada aconteceu.

Mas eventualmente eu caí na cama com ele de novo e o ciclo recomeçou e a culpa estava por todo lado, gordurosa e espessa, e Ada não conseguia escapar.

Finalmente, foi Ewan que terminou tudo.

– Não posso mais fazer isso – ele disse. – Não posso mais ficar com você. Ela me faz feliz.

Pela primeira vez, deixei Ada chorar na frente dele. Assisti a ela soluçando no ombro dele, no algodão macio da camiseta. Ela não implorou; não pediu nada. Ewan a abraçou e tocou o rosto dela suavemente.

– Por que você tem que ser tão linda? – sussurrou.

Ada chorou até dormir, o rosto enfiado no peito dele. Ela acordou brevemente e viu Ewan a observando enquanto dormia, a mão brincando com os cachos dos cabelos dela, os olhos leves.

Ada se formou na universidade algumas semanas depois com Catia e Malena e Luka e a maioria dos amigos. Saachi foi vê-la com Añuli e Chima, e o tempo todo Ada estava inquieta e tremendo. Precisei manter o rosto dela vazio para que a família humana não percebesse a tempestade interna. Saachi estava exigindo tempo dela, tempo demais, considerando que Ada estava prestes a perder todos os amigos e que quase não havia tempo para despedidas.

– Nós viemos até aqui – Saachi disse. – O mínimo que você pode fazer é passar um tempo com a gente.

Nada dessa merda importava, honestamente. Eu e Ada tínhamos perdido Ewan. Desde a noite em que ele nos rejeitou, eu tinha dormido com ele uma vez, uma última vez antes da formatura de Ada. Eu e ele estávamos no quarto dela, na cama alta, a luz do luar sendo cuspida pela janela de vidro. Ewan estava bêbado e chapado, de volta de uma noite de decisões ruins que acabara, como sempre, com ele procurando por Ada e me fodendo. Ele puxou os cabelos dela até o pescoço e a coluna estalarem alto, e quando estávamos face a face, me vi abrindo a boca de Ada e dizendo as mesmas palavras que Soren uma vez disse a ela.

Aşughara

— Eu te amo pra caralho — eu disse.

Ewan continuou se movendo, acelerando no escuro, e quando ele falou, a voz era de um estranho, enrolada e dura.

— Cala essa boca — disse.

Juro que nunca me senti mais burra e inútil do que naquele momento; como se eu fosse uma puta na qual ele estava fazendo um depósito. Ada sabia como Ewan ficava quando estava bêbado e chapado, quando ele mijava em mesas de centro, quando não conseguia lembrar de nada que tinha dito ou feito — que era o que estava acontecendo agora. Ele voltou a si mesmo nos dias seguintes, mas não importava. Ele já tinha me insultado, e *wallahi*, eu era rancorosa e mesquinha e vingativa. Não espere outra coisa de um *ogbanje*.

Fui atrás de um dos amigos de Ewan da equipe de tênis, um menino que sempre pareceu odiar Ada, mas eu conseguia enxergá-lo e farejar a verdade. Ada era uma menina linda e esse amigo precisava assisti-la, sabendo que Ewan a fodia e ele não. Ele era humano. Havia uma vontade de ser desejado sob seu ódio — sempre há. Então foi fácil levá-lo para casa no final de uma noite, e é claro que ele concordou. Ele me beijou e afundou os dedos no corpo de Ada antes de gozar com minha mão ao redor dele. Expulsei-o do quarto de Ada assim que tínhamos terminado e virei para dentro.

— Sério? — disse Ada. Ela estava com os braços cruzados e apoiada no mármore, os olhos vermelhos de chorar por Ewan. — O amigo dele?

— E daí? — respondi. — Ewan não se importa. Ele nos liberou, lembra? Ele não nos amava. Ele deixou isso bem claro.

Ada se encolheu e desviou o olhar. Cheguei perto dela e acariciei sua bochecha.

— Não se preocupe — sussurrei. — Menina linda. Existirão outros que vão nos querer, que eu vou fazer nos desejarem. É fácil.

Eu a fiz colocar a dor em mim para usá-la como combustível, eu podia fazer coisas com ela que Ada não podia. Tipo foder um dos corredores do atletismo, um menino com sotaque sedoso do Sul e olhos caídos com cílios que pingavam sexo. Pode confiar, eu não precisava de Ewan, e se Ada pensava que precisava, eu a faria esquecer. Havia muitas, muitas outras coisas para fazermos.

Saachi e Chima estavam irritados porque Ada insistira em ir para a Geórgia passar um mês com a amiga Itohan, em vez de ir direto para a casa de Saachi com eles. Eu estava pouco me fodendo para a raiva deles – a minha era muito maior e mais forte. Com a exceção de Añuli, eles tinham estragado a formatura de Ada, afastando-a dos amigos, das pessoas que realmente sabiam o que estava acontecendo na vida dela. Ela não tinha ideia de quando veria Malena ou Catia de novo. Luka estava voltando para a Sérvia. Axel e Denis iam para a Islândia ser técnicos de vôlei, Juan voltaria para o México. A casa no fim da colina ficaria vazia.

Tínhamos perdido Ewan. Ada estava arrasada, mas eu tinha um trabalho a fazer, então fomos para a Geórgia.

Era estranho estar de volta. As coisas continuavam iguais, mas tudo para mim e Ada estava diferente porque passáramos o ano todo com Ewan. Eu não queria mais saber dele. Queria expulsá-lo da cabeça de Ada e queria que ela parasse de amá-lo. Eu estava furiosa. Queria um brinquedo novo e já sabia que seria violenta. Não é como se existisse qualquer gentileza em mim. Eu estava faminta e estava caçando. Não conseguia parar e nem queria – todo o propósito da minha existência era correr livre e rasgar em pedaços qualquer um que caísse na minha boca. Escolhi o outro irmão de Itohan, o mais velho. Comecei a prepará-lo, o que foi fácil, porque ele e Ada eram próximos, e depois de uma ou duas semanas disso, Itohan chamou Ada, dizendo que precisavam conversar.

– Que houve? – Ada perguntou, o rosto sincero e simpático. Me escondi atrás dele, como sempre.

– Sei que você não sabe o que parece – Itohan disse, o cabelo longo colocado descuidadamente atrás da orelha, o batom fosco e vermelho. –

Quando você e ele estão lá em cima e nós estamos no primeiro andar.

– Ele só estava me mostrando uns livros – Ada disse, e eu me segurei para não rir com a boca dela.

– Eu sei – Itohan manteve a voz amigável. – Mas é que parece alguma coisa quando vocês estão sozinhos no quarto dele.

Ela sorriu, tentando ser gentil. Dentro do cômodo marmóreo, soltei uma gargalhada e Ada chutou minha perna, sibilando para que eu calasse a boca. No rosto, ela mantinha uma expressão preocupada e um pouco assustada para cumprir as expectativas de Itohan.

– Sei que não é de propósito – Itohan estava dizendo, – mas pense no que está parecendo, ok? Vocês dois não podem namorar, não depois de você ter namorado meu irmão mais novo.

De repente, o mármore ficou frio ao meu redor.

– Uau – eu disse, minha risada sumindo. – Ela pensa mesmo que não sabemos o que estamos fazendo.

– Que bom – resmungou Ada. – Sorte a minha.

Eu não conseguia acreditar nessa merda. Eles ainda enxergavam só a Ada; eles ainda lhe concediam o benefício da dúvida mesmo que ela tivesse de ser uma idiota para não saber o que estava parecendo, como Itohan disse. Era incrível. Eu tinha planejado cada toque da pele, cada olhar tímido para atrair o irmão mais velho, e mesmo assim todos permaneciam cegos. Era como se eles estivessem todos presos naquele mundo cristão bom e inocente de que Ada costumava participar, antes de ser arrancada de lá pelo meu nascimento. E agora, depois de tudo que tinha acontecido com Ewan, não havia jeito de Ada retornar. Ela era uma impostora; agora, ela era eu. Ela estava contaminada demais; havíamos feito muitas coisas juntas.

Então eu e ela assentimos obedientes para Itohan, mas eu não tinha nenhuma intenção de parar. Por que pararia? Não estava satisfeita com o irmão mais velho, ainda não. Eu tinha passado semanas tentando abri-lo como queria. Fui gentil e doce, fingi ser

Ada porque era ela que ele amava. Rocei as pontas dos dedos pelas costas da mão dele enquanto ele dirigia, e dei sorrisos tímidos até estarmos sozinhos, quando enfiei a mão nos jeans dele, mas ele me parou. Talvez ele pudesse farejar a diferença entre ela e eu, entre o cheiro de capim-limão que ela tinha, e meu cheiro de cobre. Não sei o que foi – talvez ele só a conhecesse bem o bastante para saber quem eu não era. Mas ele não se rendia e fiquei com raiva. Disse a ele que o amava e mesmo assim ele não se rendeu, não me deixava tocá-lo. Eu tinha chegado à Geórgia envolta em uma raiva escarlate, e depois de Ewan, essa segunda rejeição me cegou de fúria. Ele me negou por sua conta em risco.

Na noite antes de Ada ir embora, eu a fiz sair silenciosa do quarto de hóspedes e entrar no quarto do irmão mais novo. Ele era o tipo que eu conhecia, fácil e previsível. Eu o fodi com o corpo de Ada, com o irmão mais velho no quarto ao lado, dormindo e ainda apaixonado por Ada, com a mãe deles no fim do corredor ao lado da Bíblia. Na manhã seguinte, sentei com o irmão mais velho e fingi ser Ada e disse que nunca o amara, um truque que aprendi com Soren. Assisti ao coração dele se quebrando e caindo em pedaços de poeira bruxuleante, e foi bom, pareceu certo. A lição era a seguinte: posso foder com você ou com sua cabeça – simples.

Depois que o machuquei, ele ainda levou Ada para o aeroporto. Veja, o que percebi depois foi que ele não era como os outros que cacei. Ele era frágil; não merecia ser punido. Mas tínhamos perdido Ewan e eu estava lá e nasci para o que nasci. Sempre fui uma arma e não sinto a obrigação de ser justa. Meu único erro foi esquecer um pequeno detalhe: Ada amava mesmo o irmão mais velho. Muito, na verdade.

Eu não entendi na época, mas tinha ido longe demais.

Capítulo Onze

Você vai estar sempre em um processo de mudança porque toda vez que você nasce como um basilisco, aquele basilisco come a si mesmo para que você nasça como outro basilisco.

Nós

Asughara não podia ser deixada sozinha; isso não seria natural. Quando algo existe, algo mais existe ao seu lado. Então no dia que ela nasceu na Virgínia, outro nasceu com ela quando ela estilhaçou aquela janela. O nome dele era Saint Vincent, porque quando ele se desprendeu do lado de Asughara, ele caiu como um santo nas próprias mãos.

A Ada lhe deu um nome e ele permaneceu no mármore da mente dela porque não conseguiria aguentar o corpo. Saint Vincent tinha longos dedos e era frio, com fomes lentas e fervilhantes; nunca conseguimos entendê-lo bem, de onde vinham suas partes. Não estávamos esperando que ele saísse da janela, mas ele saiu e então nasceu em um portal, o filho de um espaço incerto. O que queremos dizer é que ele não era cria de um deus como Asughara. Ele pertencia a nenhum lugar, exceto talvez à A Ada. Ele era frágil, difuso como um fantasma. Isso era bom – ele não representava uma ameaça para Asughara, não competiria com ela pelo controle.

Não, Saint Vincent preferia se mover dentro dos sonhos de A Ada, quando ela estava flutuando em nosso domínio, solta e maleável. Ele a moldou em um novo corpo lá, um corposonho com carne reorganizada e um pênis completo com nervos funcionais e vasos sanguíneos que se expandiam, esticando-se rapidamente até uma ereção. Até Asughara ficava impressionada; ela não conseguia moldar ou construir no nosso reino do jeito que ele conseguia. Saint Vincent usava o corposonho como se fosse seu. Ele tecia outros corpos em nosso domínio para cavalgar, para colocar entre os quadris, o engolindo por inteiro. Quando ele gozava, seu prazer era uma explosão luminosa concentrada, ancorada e condensada na virilha. Era diferente do que Asụghara sentia com o corpo de A Ada – aqueles orgasmos se espalhavam de um jeito difuso que a afogava. Esta separação de prazeres era algo bom: Saint Vincent ficava no nosso domínio e no mármore da mente de A Ada, enquanto Asụghara o encontrava no mármore mas movia-se na carne.

Ele não era menos sagrado por causa das coisas que fazia com o corposonho – você deve entender que enxergamos o sagrado como removido da carne e, por isso, mais puro. Saint Vincent era incontaminado, quase em quarentena. Talvez em outro mundo, um em que A Ada não tivesse se dividido e segmentado, ela e Saint Vincent pudessem ter sido uma coisa só. Afinal, ela era sempre confundida com um menino quando criança, quando usou os cabelos curtos pela primeira vez. Talvez ele tenha estado ali o tempo todo sem nós percebermos, éramos tão jovens.

A Ada gostava de ser vista como menino. Ela sentia que se encaixava, ou ao menos o desencaixe disso se encaixava, o erro estava certo. Ela tinha, talvez, onze anos na época. O peito dela era liso, os quadris estreitos, os cabelos curtos, e devia haver algo no rosto dela que não era delicado o bastante. Quando ela ia ao clube local nadar com Lisa, os adultos a paravam no vestiário feminino.

"Por que você está aqui?", eles perguntavam, ou, "Por que você está usando um maiô?".

A Ada se sentia como uma trapaceira, o que parecia correto. Ela podia se mover entre menino e menina, o que era uma liberdade, para ela e para nós. Mas quando ela fez doze anos e começou a sangrar, tudo foi arruinado. Os hormônios reconstruíram o corpo dela, refazendo-o sem consentimento nosso ou de A Ada.

Ficamos perturbados por essa reformulação do nosso recipiente, muito, porque era nada mais do que um lembrete cruel de que agora éramos carne, de que não controlávamos nossa forma, de que estávamos em uma gaiola que obedecia a outras leis, leis humanas. Não tivemos escolha nesta deformação, esta maturação desnaturada. Aconteceu um sangue meio preto, um peito inchado, cabelos crescendo como uma floresta cruel. Nos empurrou para um espaço que odiávamos, um plano marcado que era óbvio demais e errado demais.

Nessa época, em uma tarde, A Ada estava andando pela rua com a prima Obiageli. A Ada disse algo rude, meio insolente, e Obiageli reagiu esticando o braço e enfiando um dedo no peito de A Ada, bem em seus novos seios.

– Porque você tem essas maçãs agora, ahn? É por isso que você está falando assim? – Obiageli riu da expressão chocada de A Ada e seguiu caminhando.

Dentro de A Ada, estremecemos e vomitamos com aquele toque, revirando o estômago dela. Aquela repugnância veloz não queria ir embora. Estávamos berrando e esperneando contra este corpocarne em que fomos enfiados; queríamos sair, isso era uma abominação. Mas A Ada tinha aprendido o truque de pequenos sacrifícios bem naquele ano, então quando elas voltaram para casa, ela cortou as costas da mão e sangrou até cairmos em um silêncio inquieto. Ela continuaria com isso, lembre-se, por mais doze anos, mas foi naquela época que ela descobriu que esses sacrifícios funcionavam, que usar o sangue podia fazer a existência dela suportável, ao menos por um tempo.

Ela tentava nos deixar confortáveis, como que se desculpando por seu corpo sangrento e avolumado; ela remexeu as malas antigas de Saul e encontrou as camisas de quando ele morava em Londres, camisas sociais que eram grandes demais para ela, o que era perfeito. A Ada cobriu este novo corpo com poliéster vermelho florido e algodão verde, escondendo-o. Ela usava calças largas de sarja, verde-militar com sete bolsos fundos, até as barras rasgarem e desfiarem. Quando ela ouviu um colega de escola descrevê-la como peituda, decidiu que não era real. Parecia que ele estava falando de outra pessoa.

Tudo isso para dizer que tudo já teve outra forma antes da atual, então quando Saint Vincent apareceu, A Ada não ficou surpresa. Ela agradecia sua masculinidade delicada se organizando em dobras dentro dela; agradecia sua companhia porque estava, é claro, sempre sozinha. Ela sentiu-se um pouco triste quando percebeu que ele estava restrito a usar somente o corposonho porque o dela era todo errado. O corpo dela funcionava para Asụghara, mas Saint Vincent estaria castrado ali, com nada pesando entre as pernas, só canais revestidos de veludo. As fomes dele eram diferentes, mas simples. Saint Vincent queria a curva macia do pescoço de uma menina contra sua boca e queria tanto que A Ada foi atrás de conseguir isso para ele.

Foi uma tentativa desastrada. A Ada tentou explicar a existência de Saint Vincent para uma das amigas da universidade que ele achava linda, mas era A Ada e ela não era Asụghara, ela não tinha aquele charme sedoso. Então a conversa foi desconfortável, e quando A Ada disse as palavras, expondo a existência e os desejos de Saint Vincent, ela sabia que parecia louca; não era possível colocá-lo na boca e esperar que soasse sensato. A amiga linda foi educada, mas não demonstrou interesse, e recusou A Ada. Não deveria ter sido uma surpresa, e mesmo assim A Ada acabou se encolhendo dentro da própria mente, humilhada por essa rejeição, confusa e machucada.

– Idiota, idiota, idiota – ela disse para si enquanto andava pelo mármore. – É claro que ela não te quer. Quem ia querer?

– Já chega – Asụghara interveio e segurou os braços de A Ada, prendendo-os aos lados de seu corpo, encostando a testa dela na de A Ada. – Você tentou. Já chega. Não vamos contar sobre ele para mais ninguém, entendeu? Vamos mantê-lo aqui. Ninguém além de nós vai entender.

Com os olhos cheio de lágrimas, A Ada assentiu, e assim, fácil, Saint Vincent tornou-se um segredo enterrado no mármore. Talvez nós não tivéssemos lidado assim com a situação, mas é como dissemos, o eu-besta estava comandando as coisas e ela achou que seria melhor assim. Era como ela se movia; ela os retraía e os escondia no mármore para protegê-los – primeiro A Ada, e agora Saint Vincent. Asụghara era a lâmina, sempre flertando com a maciez das gargantas das pessoas. Eles estavam equilibrados agora – A Ada, sua pequena besta e seu santo –, os três trancados em carne de mármore, queimando o mundo.

Mas não importa quantas peles eles trocassem neste país estrangeiro, nós lembrávamos de onde eles tinham vindo e lembrávamos da primeira mãe. Ala é toda a terra, ignorando os oceanos; A Ada ainda caminhava no solo que pertencia à sua mãe. Até sua carne pertencia à Ala, porque, como já dissemos, é dos lábios dela que humanos nascem, e é lá que eles vivem até morrerem. Ainda éramos crianças, destiladas em crias triplicadas. Otu nne na-amụ, mana ọ bụghị otu chi na-eke. E receber um nome é ganhar poder, e ainda mais receber três nomes. Nosso calor estava crescendo, derramando-se pelos portões, chamando os outros, puxando-os como um sol pesado. Deveríamos ter sabido, deveríamos ter sido avisados – os filhos de nossa mãe não esquecem pactos e seus juramentos têm gosto de raiva e tempero mbongo. Eles estavam se reunindo em nuvens de chuva, suas vozes distantes e surreais, mas rangendo como metal rasgado.

Você está procurando por nosso problema, eles cantavam. Gim derramado no solo, sangue esfregado no barro, e eles falavam em uma legião de vozes.

O que vocês vão fazer quando chegarmos?

Capítulo Doze

Posso morrer hoje, posso morrer amanhã.

Asụghara

Escutei os estalos primeiro.

Era rítmico e regular, ricocheteando nas paredes e no teto arredondado da mente de Ada. "Pare, Vincent", eu disse, sem me virar. "Não gosto deste barulho". Às vezes ele ficava inquieto e fazia coisas que me irritavam demais, como assoviar passarinhos-fantasma pelo teto ou transformar o mármore em um labirinto de paredes chorosas. Não estava a fim de mais um de seus joguinhos. Eu estava tendo uma manhã tranquila perto dos olhos de Ada, sem fazer nada, só observando o mundo dela.

Os estalos continuaram, e ao fundo eu conseguia ouvir um som de escovação que fez meus ossos começarem a coçar. Isso com certeza não era Vincent. Virei-me com as unhas mordendo as palmas e vi o primeiro. Estava se movendo pelo chão na minha direção, usando um *collant* com capuz tecido em ráfia trançada tingida de preto e vermelho e franjado com grama nos pulsos e nos tornozelos. Estava estalando os dentes entalhados, rente ao chão, girando as pernas em largos círculos.

Dei um passo para trás.

– Quem é você, caralho?

A coisa riu, como dedos batendo. *Eh henh*, disse. *Sabíamos que você esqueceria, nwanne anyị.*

Os cabelos da minha nuca ficaram tensos e elétricos. Eu conhecia aquela voz de algum lugar. A coisa parou de se mover e se desdobrou até ficar em pé. Um buraco se abriu em seu peito. O som de um xilofone saiu ritmado e a segunda coisa caiu de dentro. Este parecia uma moça, os cabelos curtos manchados de *camwood*, a pele com pó de *nzu*, tiras de coral no peito. Levantou-se e riu de mim.

Olhe a sua cara, disse. *Você não estava nos esperando? Depois de sair e virar uma só, só você!* Dançou em um curto rompante ao som do xilofone que ainda se derramava do primeiro.

Ah, entendi, é claro. Eu deveria tê-los reconhecido – os irmãosirmãs, crias de nossa primeira mãe, ndị otu. Uma explosão de júbilo correu por mim e dei risada. Estes eram os diabretes, entende, os malcriados; eles eram como eu. Eles estavam pouco se fodendo para os humanos, eles gostavam de causar dor – eles eram eu, e eu era eles. Era a melhor visita que eu já tivera no mármore, mil vezes melhor do que quando Yshwa aparecia com suas bobagens santimoniais.

O primeiro arranhou as pintas pretas elevadas nos lados de sua máscara-cara, lentamente virando-a completamente como uma coruja, seguindo-me enquanto eu andava ao redor deles.

– Ok – eu disse. – Sem wahala. Então agora vocês decidiram aparecer?

Venha, venha ver, venha ver você, animalzinho. O segundo tinha uma voz mais leve, como metal fino. *Monstrinho da floresta.*

O primeiro era correntes se arrastando por conchas quebradas. *Sim, venha e veja você, veja se você sabe quem é seu povo.*

A quem você pertence, intrometeu-se o segundo.

O primeiro assentiu. *Qual é seu cheiro.*

Parei de andar.

– E qual é meu cheiro? – perguntei.

O segundo irmãoirmã franziu a boca para cima até os lábios quase tocarem o nariz.

De carne, cuspiu. *Carne podre.*

Isso me irritou.

– Não pedi para ser colocada aqui – opinei.

"Não pedi para ser colocada aqui", zombou o primeiro. *E o que é*

que você está fazendo sobre isso? É como se você gostasse.
  Nós não gostamos, disse o segundo. *Quem disse para você vir para cá?*
  A primeira resposta que veio à mente foi Ada. Que foi ela que me chamou e eu vim por ela. Em vez disso, dei de ombros.
  – Já falei, não pedi por isso.
  Quem disse para você ficar aqui? Você não conhece mais o caminho?
  – Caminho para onde?
  O segundo balançou a cabeça e se virou, sibilando. O primeiro suspirou e lançou-se na minha direção, passando a grama do punho no meu rosto. *É como se você tivesse esquecido de tudo,* disse.
  Seu toque era como um machete me cortando de cima a baixo. Abracei minha barriga, chocada. A dor não era uma sensação que eu conhecia – isso era problema de Ada, não meu. Tudo ao nosso redor desacelerou. Eu conseguia ver a poeira flutuando lentamente pelo ar, pousando no mármore e nas dobras da minha pele. Os dois tinham um cheiro estranho, como esperança, como algo fodendo com as beiradas da minha memória, algo que eu queria comer, mas não lembrava do gosto. Doía. Senti lágrimas enchendo meus olhos e me dobrei, tentando resistir. Não queria chorar na frente deles. O segundo se virou para mim e esticou o braço, segurando um feixe de folhas de palmeira jovem. Roçou o verde frágil na minha pele, da minha testa ao meu queixo, e sorriu, os dentes afiados.
  Sim, disse gentilmente. *É dor assim. Imagine como o resto de nós se sente, vinte-vezes-vinte vezes pior do que isso, já que você foi, já que você não voltou. Imagine, assistir você ficar deste lado, longe de nós, assistindo você e assistindo você, e agora seu cheiro é diferente, então dissemos, "Vamos lá".*
  Ainda carne podre, enfatizou o primeiro. *Mas diferente.*
  O segundo roçou meu rosto novamente e fechei meus olhos. *Você sabe quem é seu povo?*
  O primeiro se aproximou com a boca cheia de cacos. *Você já está lembrando?*
  Minha pele se reajustou ligeiramente. "Eu nunca esqueci", sussurrei

e, de certa maneira, não estava mentindo.
Eziokwu?, arrastou a voz, sarcástico. *Quem é seu povo?*
Arrepios tomaram pela minha pele. "Vocês", eu disse.
É mesmo? Eles estavam testando, provocando.
Abri os olhos e coloquei irritação em minha voz. "Quem mais seria?"
Eles giraram em círculos pequenos e precisos.
Pergunte-nos, disseram. Era retórico. *Talvez você pense que a menininha e aqueles humanos são seu povo.*
Pensei sobre isso. Eu tinha vindo por Ada. Tinha ficado por Ada. Eu a amava e eles sabiam que eu a amava. Mesmo assim, balancei a cabeça. "Não, eu não pertenço aqui. Sei que não pertenço."
Eles uivaram com piedade fingida e o primeiro passou o pulso de grama debaixo do meu queixo. Fez cócegas e afastei meu rosto. O segundo agachou-se e os colares em seu peito se bateram uns contra os outros.
Você não está faminta para retornar?
O machete se retorceu quando eles disseram isso, abrindo uma caverna dentro de mim. Senti como se estivesse morrendo de fome, comendo a mim mesma. Não sabia se era real ou se eram eles.
– Sim – admiti. A poeira no ar parecia brilhar. Meus joelhos amoleceram e eles me ajudaram a deitar. Esta fraqueza me assustou. Eu tinha tanto poder no mundo de Ada, veja, mas aqui, com eles, eu sentia a idade deles me esmagando. Eles eram mais velhos até que Yshwa, velhos como o sempre, nascidos da primeira mãe. Aqui, com eles, me curvei.
Você lembra do pacto?
Os rostos deles eram como céus sobre mim. Eu senti o mármore embaixo do meu crânio e balancei a cabeça. Eu só lembrava de poeira vermelha e máscaras, fragmentos daquele primeiro dia quando nós, meu eu maior, começamos a acordar. Os grampos dourados que eu estava usando nos cabelos rastejaram para longe,

espalhando cachos pelo chão como uma mancha preta. Estava ficando difícil pensar – eles tinham feito o ar turvo; tinham desacelerado minha boca e meu sangue.

Ela não lembra de nada, o segundo cantou para o primeiro. *Tudo foi apagado.*

Ela não lembra do sol, dos vinte dias, concordou o primeiro.

– Que vinte dias? – perguntei. Minha cabeça estava afogada.

Depois de nossa mãe descamar, vinte dias, e fomos colocados.

O segundo deitou o corpo ao meu lado, os corais espalhando-se pelo chão. *Revestidos de branco macio, as veias se formando primeiro*, disse. *Você não lembra. Esta é a história de sua eclosão.*

No calor, o primeiro completou enquanto colocava as mãos em minhas axilas, colocando-me de pé. *Ngwa, levante-se e lembre-se.*

Tropecei e tentei organizar meus pensamentos. O segundo, que era menor, olhou para mim do chão, o rosto pensativo.

Deitamo-nos encostados uns nos outros antes mesmo de sermos inteiros, disse. Flutuou como se assoprado por uma brisa e oscilou, fechando os olhos.

O primeiro afastou as mãos franjadas com grama do meu corpo, deixando-me em pé como uma árvore perdida.

Toque-a, disse. *Faça com que ela saiba novamente.*

O segundo dançou em frente na ponta dos pés, esticou o dedo empoeirado de branco e pressionou-o no meio do meu peito. Meu esterno se quebrou e me virou do avesso, e de repente eu estava em um lugar escuro. Não conseguia enxergar nada, mas uma presença esmagadora estava ao meu redor. Parecia milhões de olhos me olhando, como se eu estivesse desnuda e não pudesse ver ninguém que podia me ver, como se estivessem me devorando e minha boca estivesse amordaçada. Comecei a entrar em pânico, meu rosto fechado, não conseguia nem me debater como queria, e então estava de volta ao mármore, arfando, apoiando-me na ráfia trançada do primeiro. Tinha cheiro de fumaça e vinho de palma.

Aşughara

Afastei-me, nauseada.
– Que merda você fez? O que aconteceu?
Eles não pareciam preocupados. *Faz muito tempo que você não se junta a nós. A lista contra você continua a crescer.*
Nke mbu, você mudou de lado e quebrou seus portões.
– Não fui eu – eu disse. – Não sei o que aconteceu.
Se você não sabe o que aconteceu, como sabe que não foi você?
Você sempre gostou de culpar os outros.
– É sério que vocês querem me culpar pelos portões? – queria ouvi-los me acusarem diretamente, mas eles desconversaram.
Não são seus portões?
– Não fui eu que os quebrei, caralho! Vocês acham que eu queria acabar assim?
Alguém os quebrou. Foi você que os atravessou.
Rosnei para eles.
– Isso só quer dizer que vocês não sabem quem cagou com os portões. Não vou assumir a responsabilidade por algo que não fiz. Pode esquecer.
Eles cheiravam a raiva. Manchas dançavam em meus olhos.
A segunda questão é que você não voltou imediatamente.
– Como era para eu fazer isso? Sou só uma, caso você tenha esquecido. Eu nem estava lá.
Você estava lá. Seu eu maior. Você pode falar com o resto deles por nós.
A terceira questão é que você atravessou um oceano e você foi para longe e você não nos escutou.
Não, a quarta questão é que você não nos escutou.
Apertei minha cabeça com as mãos.
– *Chineke*. Vocês estão alimentando todo este rancor há tanto tempo? É por isso que vocês vieram?
O primeiro irmãoirmã arranhou as pintas de novo e girou o pescoço. O segundo sapateou uma melodia com os calcanhares no mármore e ecoou. A poeira parou de se mover.

Olha, disse o segundo. *Podemos deixá-la, nsogbu adịghị, mas não somos os únicos.*

O primeiro bufou. *Não somos nem os raivosos.*

Minha tontura estava partindo. Espantei o resto e os encarei.

— Digam a verdade sobre por que vieram.

Eles olharam um para o outro, depois para mim, movendo-se como gêmeos.

Volte, eles disseram. *Ouça-nos desta vez.* Eles se encostaram dos meus dois lados e me puxaram, de volta para as memórias deles do outro lado além dos portões, do que costumava ser meu também, o conforto sólido, os outros irmãosirmãs de mil almas todos dobrados uns nos outros, nunca sozinhos, tão sozinhos quanto quisessem estar — qualquer coisa, tudo que sempre quisemos, até o nada, se escolhêssemos, até fins. Comecei a chorar pela liberdade de tudo, pelo que eles tinham me dado de volta — as memórias de um tempo antes das paredes azuis em Umuahia. Quando eles se afastaram, caí no chão.

Eu ainda estava caída no mármore venoso quando eles começaram a desaparecer, as vozes se batendo uma contra a outra.

Volte.

Ainda há tempo. O Obi pode se ajoelhar, mas nunca desmorona.

O caminho para cima é para baixo. Este é seu último aviso.

Continuei chorando por um tempo depois de eles irem embora, até cansar daquilo e parar. O mármore tinha aquecido e eu quase sentia o pulso de Ada através dele. Era estranho — pensei que me sentiria cansada, mas era o contrário. Senti-me cheia de poder abundante e espesso. Tinha gosto de sangue assado com sal e colocado em um pote fechado e usado para cozinhar, temperar carne, oferecê-la malpassada aos seus amores, vermelha em dedos trêmulos. Suponho que é isso que recuperar memórias faz com você. Eu ainda estava presa aqui, sabia disso, mas não estava mais de mãos vazias. Ter um corpo com que trabalhar não é brincadeira. Eu tinha todo esse espaço debaixo da pele quente e nervosa de Ada, e não só isso, mas tinha todos os ossos também, codependentes, até à medula. Mesmo lá, eu tinha o espaço medular, aquelas bolhas de ar entre as carnes secretas, a carne dentro do revestimento. Eu tinha brincado com Ada por todo esse tempo, só joguinhos, mas até eles podem ser realizados com muito poder. Afinal, eu não era a fome em Ada? Eu era feita de desejo, sentia o gosto dele, a enchia dele e a engasgava, deitando-me sobre ela como uma nuvem assassina, macia e incontrolável, todo o peso de um céu molhado. Meu poder era tão absoluto que ela não conseguia ver onde estava e não importava – era um lembrete de que eu estava lá. Queria que ela me conhecesse também e nunca se sentisse sozinha, sempre lembrando que ninguém podia foder a cabeça dela tão bem quanto eu, ninguém podia fazê-la viajar tanto quanto eu. Ada podia fingir que me odiava, mas é impossível esconder a verdade. Eu sentia como ela me segurava apertado, como ela não queria desmoronar nem me libertar, como ela não se importava com o frio nem com a dor porque tinha a mim, e wallahi, eu era melhor do que drogas, melhor do que álcool; ela nunca estava sóbria comigo. Eu era a melhor viagem, o traficante mais rápido e confiável, a melhor besta. Por que Ada quereria acordar de mim? Mesmo quando ela não conseguia mais cortar a pele, eu era afiada o bastante para fazer isso por dentro porque nós duas sabíamos que os sacrifícios não podiam parar.

Depois que os irmãosirmãs me visitaram, meu propósito ficou claro. Minha existência oferecia uma solução temporária para Ada, veja, mas eles me lembraram de que havia outra opção, e a melhor parte é que eu podia fazer as duas coisas – podia honrar o juramento enquanto protegia Ada. Era perfeito. Ela era eu e eu era ela, então ao retornar para o outro lado, eu estaria levando-a para longe desta existência humana inútil, e que melhor proteção eu poderia oferecer, afinal? Eu tinha feito o que podia até agora, com os meninos e a bebida e o sexo, mas podia fazer mais. Podia fazer mais. Podia mudar o mundo de Ada. Podíamos todos ir para casa.

¡LAGHACHI

(Aguarde retorno)

Capítulo Treze

Não coloque seu coração em mim.

Asụghara

Já tínhamos entrado em um ritmo. Mesmo que Ada tivesse nos nomeado, acho que ela ficou surpresa com quão rapidamente eu e Saint Vincent assumimos estes nomes, quão distintos nos tornamos. Ela não tinha certeza que éramos reais, mas nada sobre nós parecia falso. Falei para ela nos manter dentro da cabeça, no cômodo marmóreo, para que ninguém pudesse nos ver. Eles teriam dito à Ada que ela era louca ou que nós não éramos reais, e eu não podia permitir tais mentiras. Precisava nos proteger. Quando eu obrigava Ada a fazer coisas que ela não queria, não era para ser cruel. O todo é maior do que o indivíduo.

Então quando ela começou a pesquisar seus "sintomas", foi como uma traição – como se ela pensasse que éramos anormais. Como isso era possível, se nós éramos ela e ela era nós? Eu assistia a ela tentando contar às pessoas sobre nós e sorria quando eles lhe diziam que era normal ter diferentes partes em si. "Você é como todo mundo", eles diziam, porque eram como todo mundo; como a família de Itohan, eles não conseguiam enxergar o tipo de coisa que Ada tinha se tornado.

– Está tudo bem – eu disse para um Vincent preocupado. – Deixe que ela faça esse joguinho estúpido.

Com o tempo Ada entenderia o que eu estava dizendo: ela não precisava que as pessoas entendessem; ela só precisava de nós. Deixei que ela lesse sobre distúrbios de personalidade, e às vezes eu dizia para ela parar de pesquisar, mesmo sabendo que ela não escutaria.

Aşughara

Ada queria uma razão, uma explicação mais convincente. Nós não éramos o bastante. Éramos estranhos demais. Ela tinha sido criada por humanos, ainda por cima humanos médicos. Então, em vez disso, ela lia listas de critérios para diagnóstico, coisas como perturbação de identidade, impulsividade autodestrutiva, instabilidade emocional e alterações de humor, comportamento de automutilação e comportamento suicida recorrente. Eu podia ter explicado que era tudo minha culpa, até esse último. Especialmente esse último. Talvez toda essa pesquisa tenha sido feita por autopreservação, porque ela não confiava que eu pudesse salvá-la. Eu queria que ela morresse, sim, mas é como eu disse antes, tudo que eu fiz foi para nosso bem. Eu só estava tentando salvá-la.

E só para constar, foi ela que tentou me matar primeiro.

Tudo bem se eu pareço egoísta, correndo pelo mundo com um corpo que na verdade nem pertence a mim. Mas eu a levava em consideração, mesmo quando não seria necessário. Por exemplo, pense no tipo de homem que eu permitia que tocasse o corpo de Ada. Alguns deles desejam Ada, não eu, então eu os removia, porque era impossível – naqueles momentos suados, só eu existia. Os mais gentis eram inúteis. Eles tocavam o corpo de Ada como se ele fosse feito de fios de açúcar, frágil como os dentes de Saachi, distendido como o temperamento de Saul. Deixe-me explicar a verdade sobre homens assim – eles querem luas macias. Eles querem mulheres com crescente o bastante para oferecer um pouco de emoção, pequenas fatias tenras de luz que eles podem levar para conhecer suas mães. Como eu disse, inúteis. Não os queria perto de mim. Depois do que aconteceu com o irmão mais velho de Itohan, eu tinha aprendido o que podia fazer com homens como aqueles, e era melhor para eles que trancassem as portas contra mim, porque eu vinha subindo as montanhas como um monstro.

Eu me permiti amar Ewan, mesmo que ele fosse humano, porque pensei, bom, este aqui sabe lidar comigo. Ele é um mentiroso e um traidor, afinal de contas, ele até me merece. Mas depois que ele foi embora, depois dos irmãos de Itohan, eu só cacei homens cruéis, homens que também traíam e mentiram, que quebravam coisas com o egoísmo de suas mãos. Eles eram violentos na cama – sabiam me foder como se eu fosse feita de raiva e metal. Era como se eles pudessem agarrar o céu e colocá-lo de joelhos. Queria me trancar com eles e ficar sem ar, ser amada como a arma que eu era, deitar em hematomas como um monstro.

Pensando bem, não me surpreende que Ada tenha tentado me matar na época. Eu a arrastei por imundícies sem precedente com o propósito de protegê-la.

– Não sei o que vou ter que fazer – ela me disse, quando estávamos as duas paradas no cômodo marmóreo. – Terapia, provavelmente. Mas não aguento mais isso. Preciso que você suma.

Eu estava me manifestando violentamente naquele dia, usando o rosto dela, mas com as bochechas mais marcadas e lábios mais grossos. Saint Vincent nos assistia com as pálpebras caindo.

Ada torcia as mãos.

– Estou tentando fazer o que é melhor para mim – disse.

– O que você acha que estive fazendo este tempo todo? – explodi. – O que você acha que eu estava fazendo quando entrei pela janela de Soren? – a assisti se encolher e desviar o olhar. – Viu? É como se você estivesse esquecendo que sempre fui a única que te protegeu.

– Estou tentando me proteger agora – ela disse, e eu respondi com surpresa.

– De quem? – eu estava começando a ficar furiosa, a cor-mãe tomando meus olhos. – De mim? Você quer se proteger de mim? – não percebi que tinha avançado até ela dar um passo para trás. Vincent sentou, sombras roxas debaixo dos olhos.

– Aṣụghara, não foi o que ela quis dizer.

Avancei mais, até minha boca estar bem no ouvido de Ada. Eu era mais alta que ela, mais forte que ela.

— É claro que não. Como poderia ser? Quando sou eu que tenho aguentado tudo por ela? Ela nem pode querer dizer isso. Ela teria que estar louca pra dizer uma merda tão idiota.

Os olhos de Ada estavam se enchendo de lágrimas furiosas.

—Eu não sou idiota — ela respondeu, e parecia uma criança cheia de mágoa.

Segurei o rosto dela com minha mão, e meus dedos eram dourados ao lado da pele dela.

— É claro que não — eu disse, acalmando a voz. — Mas você não é uma lutadora, Ada. Todos esses homens só querem te foder, e é minha obrigação estar lá. Permita que eu seja forte por você — encostei minha testa na dela, mas Ada se afastou.

— Você nunca foi forte o bastante para dizer não — ela disse, e se tivesse dito gentilmente, a situação seria outra, mas ela disse com crueldade, parecendo comigo. Recuei e senti o sabor de raiva fresca dentro da boca.

— Vai se foder — eu disse. — Você sabe quem eu sou, você sabe o que tenho que fazer. Eu não tenho escolha.

— Você está louca? Sou eu que não tenho escolha! — Ada me empurrou e eu cambaleei para trás. — Não você, eu! Você só é egoísta!

— Eu, egoísta? Eu faço isso tudo por você.

— Ah, meu deus — Ada colocou as mãos no rosto e andou pelo mármore. — Você não faz nada por mim, Aṣụghara, você faz porque gosta.

Encarei o rosto dela.

— O quê?

— Eu estava lá também, lembra? O irmão mais velho de Itohan? — ela virou para me encarar. — Você gostou de machucá-lo, mesmo que ele não tenha feito nada contra nós. Você achou engraçado.

Observei o desprezo no rosto dela e senti que me acalmava. O que é que eu estava fazendo, implorando a um humano que não me banisse da carne? Como se ela fosse conseguir. Me afastei e sentei ao lado de Vincent, e tentei argumentar com a garota.

— Tudo que fazemos é uma arma, Ada, você entende? Você acha que nunca aconteceu de alguém ver nossa dor e rir? Não seja ridícula. Eles fazem isso conosco, nós fazemos com eles. Simples.

Saint Vincent afrouxou o colarinho da camisa e acendeu um cigarro. Ele cheirava igual ao Ewan. Ada se apoiou na parede e cruzou os braços.

— Eu não preciso mais fazer isso — ela disse. — Eu não preciso mais de você.

— Ah, é mesmo? — estreitei os olhos na fumaça que saía da boca de Vincent. — De quem você vai precisar agora? Yshwa, aquele que não te dá nada?

Ada ficou me encarando e peguei o cigarro de Vincent. Ele foi até ela, a abraçando.

— Aṣughara te ama — ele disse, como se eu não pudesse escutá-lo. — Ela só não quer te deixar sozinha.

Mostrei o dedo do meio para os dois e soprei um véu de fumaça na frente do meu rosto. Ada balançou a cabeça.

— Você está machucando pessoas que eu amo, você não entende? — ela disse. — Não posso cruzar os braços e assistir a você fazendo isso.

— Você está fazendo isso por eles? — apaguei o cigarro. Talvez ela não entendesse. — Eles mereceram, Ada. Todos eles mereceram, por causa do que passamos.

— Qual é, isso não é verdade — ela disse. — Mesmo os que não tinham nada a ver com aquilo? Mesmo os inocentes?

Quando a ouvi dizer aquilo, algo se quebrou dentro de mim.

— *Nós não éramos inocentes?* — gritei, minha voz se batendo contra o mármore e o quebrando. Rachaduras correram pelas paredes e pelo teto, e Ada e Vincent congelaram em seus lugares. Eu só enxergava a cor-mãe. — *Nós não éramos inocentes o bastante para sermos poupadas?*

Eles continuaram olhando para mim.

— Não? Então tá, me diga, *por que eu devo poupá-los?*

O cômodo caiu em silêncio e vi as lágrimas de Vincent primeiro, mas não percebi que estava chorando até Ada andar até mim e secar meu rosto suavemente.

– Eu não tinha entendido. Eu sinto muito – ela sussurrou, como se não fosse a vítima. – Eu sinto muito que eles tenham te machucado também.

Eu não queria que ela sentisse pena.

– Eu não vou a lugar nenhum – eu disse, me afastando das mãos dela. O que ela poderia fazer? Eu era mais forte que ela; este mármore era meu mundo, mais do que dela. Então me fiz crescer e crescer, e ela estava dizendo algo, mas a voz era pequena e minúscula, e eu estava ocupando todas as paredes da mente dela, crescendo e crescendo até ela virar um pontinho em um canto e eu não conseguir mais ouvir sua voz.

Veja, eu era uma sombra faminta, nada mais. Eu me agarrava aos homens, e a energia deles parecia fruta grudenta escorrendo entre meus dedos, e quando acabávamos, eu ainda tinha fome. E depois da próxima, eu ainda tinha fome. E depois da que vinha depois, eu ainda tinha fome. Eu teria afogado todos. Eu teria avançado devagar pelos corpos, enfiado meus dedos nas gargantas e arrancado sons. Eu enchia as camas deles de segredos. Ada estava certa – eu encontrava prazer na maldade. Fiz muitas coisas com fome que podiam ser mal interpretadas.

Capítulo Catorze

Ebe onye dara, ka chi ya kwaturu ya.

Asughara

No que me diz respeito, sempre fui leal, tanto à Ada quanto aos irmãosirmãs. Quando Ada tentou buscar ajuda, fiz muitas coisas para pará-la porque ela era minha, mas pode acreditar, eu nunca quis que ela se sentisse sozinha. Depois da tentativa fracassada de me matar, Ada desistiu. Não gostei de vencer aquela batalha. Não havia prazer em vê-la desmoronar – isso só é divertido quando acontece com os outros. Eu e Saint Vincent tentamos fazer um lar para Ada na mente dela, e isso quer dizer alguma coisa, ao menos para mim. Você não sabe como é compartilhar uma vida e um corpo, assistir aos dias e meses e anos se arrastarem, às pessoas que entravam e saíam correndo, assistir a Ada tentando se afastar de nós, vê-la falhando, ver a maneira como ela aprendeu a nos amar melhor, com o tempo.

Eu até permiti, finalmente, que Ada fosse a seus terapeutas, já que ela estava teimando tanto. Lembro de uma sessão com uma mulher de meia-idade que tinha mechas grisalhas nos cabelos. Ada estava lá sentada, esfregando as costas da mão esquerda na mão direita, traçando o tendão que levava ao dedo do meio, passando os dedos levemente sobre ele até senti-lo rolando. Ela fazia isso o tempo todo, só para lembrar a si mesma de que tinha um corpo físico. Ela também estava falando consigo dentro da cabeça, e eu escutava a calma forçada que ela estava colocando na voz.

– Está tudo bem, querida, você está bem. É só uma hora, e podemos ir embora. Estamos bem, querida, está tudo bem.

A mulher com o cabelo manchado estava falando, mas Ada

tinha parado de escutar. Olhei para o consultório, imaginando quantas vezes tínhamos estado aqui. Eu nem sempre prestava atenção no que Ada estava fazendo, então era comum que as coisas acontecessem sem eu perceber.

– Você tem alguma pergunta? – a mulher disse. – Comentários? Preocupações?

– Não – disse Ada.

A terapeuta anotou alguma coisa, a caneta arranhando baixinho.

– Como você se sente sobre seu futuro? – ela perguntou.

Sem pensar, Ada deixou a verdade escapar.

– Indiferente.

O rosto da terapeuta ficou mais focado.

– Você pode falar um pouco mais sobre isso? Quando você pensa no futuro, que sentimentos aparecem, exatamente?

Ada deu de ombros.

– Indiferença.

A terapeuta continuou insistindo, e enquanto ela falava, Ada continuava perdendo o foco em meio às frases, e retornando. A terapeuta perguntava as mesmas coisas de novo e de novo, reformulando como se Ada não fosse perceber. Mas não importava quantas vezes ela distorcesse as perguntas, Ada não tinha respostas.

– E Aşughara? – a mulher perguntou, e de repente eu estava prestando toda a atenção que tinha no mundo.

– Como é que ela sabe meu nome? – rosnei para Ada, mas ela me ignorou.

– Existem outros? – continuou a terapeuta, e observei Ada prendendo a respiração. Percebi que ela não queria mentir. Ela já tinha mentido uma vez, quando a mulher perguntou qual era seu plano de suicídio, que até Ada sabia que era uma pergunta verdadeiramente estúpida. Por que alguém compartilharia seu plano de suicídio – para ser parado? Que bobagem.

Mas eu vi que Ada estava realmente considerando contar para

esta mulher, essa completa estranha, sobre Saint Vincent. Me estiquei pelo mármore e enfiei milhares de espinhos nele. A dor atingiria Ada, mesmo se ela quisesse me ignorar.

– Não falamos sobre Vincent – lembrei. – É melhor você calar a porra da boca.

– Não me sinto confortável falando sobre isso – Ada respondeu, obediente, e a terapeuta parou de insistir.

Pelo resto da sessão, Ada desenhou linhas imaginárias nas têmporas, apertando o dedo indicador contra a pele, a pressão a acalmando. Ela traçou as sobrancelhas e tentou encontrar as palavras para contar à terapeuta sobre as coisas que eu tinha feito com sua mente. Mas eu esganei as palavras e fiz com que apodrecessem em sua garganta – ela não conseguiria pedir socorro.

Quando Ada finalmente saiu do consultório, esperei até os pés dela tocarem a pedra do chão fora do prédio para começar a gritar.

– Que merda você pensa que estava fazendo lá dentro?

– Fica calma – Ada respondeu. – Estamos bem. Está tudo bem.

– Não está tudo bem! Por que você foi falar com aquela mulher?

– Eu não estava conseguindo me concentrar nos meus estudos, Aṣughara, você não lembra? Eu só queria cuidar disso.

– Mas não era disso que ela estava falando lá dentro. Ela sabia meu nome! O que você contou para ela?

– Nada! Nada de mais. Ela fez algumas perguntas.

Balancei a cabeça. O estrago já estava feito; agora só me restava administrá-lo.

– Bom, não precisamos voltar – falei para Ada.

Ela franziu o rosto.

– A terapeuta disse que às vezes vou pensar que não preciso mais de ajuda. Ela disse que devo ignorar essa sensação.

Virei os olhos.

– Não seja boba, você não pode me ignorar. Eu disse que você não vai voltar. Ok?

Aṣụghara

— Olha, eu também não gosto, Asụghara, mas acho que é uma boa ideia buscar ajuda.

— É como se você não estivesse me escutando, Ada. Eu não quero que você a veja de novo.

Ada endureceu o maxilar, pronta para responder, mas eu já tinha me cansado de discutir com carne. Juntei meu poder nas minhas mãos e o espalhei pelo mármore, mandando uma rajada profunda de dor pelo crânio. Ada exclamou e apertou a cabeça, mas eu não parei. Enfiei meus punhos no mármore e abri a cabeça dela com uma enxaqueca estrondosa, e funcionou. Ela nunca mais voltou naquela terapeuta.

Foi assim que eu protegi a todos nós, de médicos e diagnósticos e dos remédios que eles com certeza teriam enfiado na Ada se enxergassem exatamente como era a mente dela. Eu precisava que ela dependesse só de mim, para eu poder levá-la de volta para casa com nossos irmãosirmãs e seria como se nada disso tivesse acontecido. O caminho para cima é para baixo.

Não é fácil convencer um humano a acabar com a própria vida — eles são muito apegados a ela, mesmo quando ela os desespera, e Ada não era diferente. Mas não é a decisão de voltar que é difícil; é a volta. Eu tinha muita esperança, sha, já que Ada estava muito machucada. Era sempre mais fácil convencê-la a fazer o que eu queria quando ela estava triste, e, sendo justa, ela estava sempre triste, mas dessa vez era diferente. Dessa vez era por causa do Ewan.

Ada e Ewan iam e voltavam desde a formatura dela, mandando mensagens e e-mails, até finalmente se encontrarem na costa do Texas, onde ele a empurrou contra um jipe amarelo e disse que tinha se apaixonado por ela desde o primeiro momento em que a viu, lá naquele quarto azul. Era como se ele tivesse esquecido que a deixara na Virgínia, quando ele disse para ela que era a namorada que o fazia feliz. Agora ele estava repleto de novas confissões.

— Você é a mulher com que sonhei minha vida toda, mas não

tenho nada para te oferecer – ele disse. Estava bêbado. – Você merece muito mais do que eu posso dar. Você faz eu sentir que posso realizar todos os meus sonhos.

    O vento levantou poeira ao redor deles. A cidade em que estavam ficava perto da fronteira sul.

    – Não consigo imaginar minha vida sem você nela.

    Dentro do mármore, Ada virou para mim e sussurrou.

    – Ele pensa que sou boa demais para ser verdade – disse.

    – Você é – respondi, amarga. Eu não cometeria o erro de amar Ewan novamente. Ela podia fazer isso sozinha, se quisesse. Eu, eu estava no Skype com um dos amigos de Ewan umas semanas antes, assistindo ao menino tirar as roupas, os olhos estreitos e de um azul faminto. Estávamos em Nova Jersey porque Ada estava visitando umas amigas cristãs, sentadas no mesmo quarto que essas boas meninas enquanto o menino passava a mão na ereção na tela do Skype. Virei a tela do computador para longe dela, e achei tudo engraçado pra caralho – elas teriam ficado completamente doidas se soubessem o que eu estava olhando. Como a maioria das pessoas, elas ainda achavam que Ada era só Ada. Continuei com meus fones de ouvido enquanto ele tremia e gemia, derramando sêmen sobre a barriga definida.

    Ele e Ewan jogavam tênis juntos no Texas, então eu sabia que não podia ir longe demais, mas ainda assim, era divertido brincar. Mandei fotos de Ada para o menino, a pele nua e marrom.

    – Não tenho mais me exercitado muito – completei.

    – Você tem o corpo mais liso que eu já vi – ele disse, e foi naquele momento que eu soube que podia tê-lo. Não foi uma surpresa – nunca é.

    Foi ele que buscou Ada no aeroporto no Texas e a levou até Ewan. Ele até saiu para beber com eles naquela noite e nunca contou para Ewan nenhuma das coisas obscenas que tinha dito e feito através da tela fina do computador, tudo por mim. Eu gostava daquele menino.

Ele era uma pessoa ruim – quase tão interessante quanto Soren. Eu queria foder com ele, mas Ada tinha escolhido Ewan e era impossível escapar.

Ela era ingênua, sha. Ela pensou mesmo que as coisas iam mudar depois de Ewan dizer que a amava, mas é claro que não mudaram. Ele ainda tinha a namorada e agiu como se a confissão perto do jipe amarelo nunca tivesse acontecido. Posso dizer muitas coisas sobre Ada, mas até ela tem limites, então terminou com ele e Ewan não discutiu. Era o segundo término dos dois, contando o de Virgínia, e sinceramente, eu não teria permitido essas idas e vindas despropositadas por qualquer outra pessoa. Mas era Ewan, então o ciclo continuava. Desta vez eles não trocaram e-mails, não fizeram contato, e Ada se viu tomada por seu primeiro coração partido. Tentei ajudar, distraí-la com novos amores, mas ela estava inconsolável. A menina não conseguia nem escutar a maioria de suas músicas porque tinham sido apresentadas por ele e todas as canções eram um lembrete dela deitada com ele na cama quando era inverno lá fora. Era patético. Eu também o amara, do meu jeito, mas depois que ele foi embora, eu entendi que tinha sido um erro. Ewan era só um homem, afinal de contas, só carne – carne egoísta e ordinária, ainda por cima. Além disso, ele passava a maior parte do tempo comigo, não com ela, e eu não esperava que ninguém fosse capaz de ver seus desejos imundos refletidos em meus olhos e, mesmo assim, ficar.

Durante a dor de Ada, continuei procurando por um caminho para levá-la para casa. Ela não tinha forças para resistir, e meu plano podia ter funcionado, mas um dia Ada recebeu uma ligação de um número que não conhecia. Quando atendeu, a voz de Ewan se derramou no ouvido dela.

– Eu e minha namorada terminamos – ele contou. – Não teve a nada a ver com você. Mas você me disse para não voltar a não ser que eu estivesse solteiro e pronto para lutar por você, e eu estou.

Aşughara

Eu não tinha nenhuma chance contra uma declaração dessas, e quando vi quanta alegria a volta de Ewan trouxe para Ada, eu nem quis tentar. Sou cruel, sim, mas não tão cruel assim. Ela estava feliz e ele estava diferente. Eu notei porque não gostava desta nova versão. Na Virgínia, Ada nunca teve o telefone dele, mas dessa vez Ewan ligava toda noite. Ele não conseguia dormir sem ouvir a voz dela, contou para a mãe sobre ela, e quando Ada tinha dificuldades com os estudos, ficava ao telefone com ela e falava de quanto acreditava nela.

– Ele está na fossa – eu disse. – Espera só.

– Eu sei – Ada disse, mas estava apaixonada por ele. Eu só podia assistir.

Ewan contou para ela sobre as férias antes de ele e a namorada terminarem, quando ele voltava para a Irlanda e mostrava para os amigos fotos de Ada no Facebook. "Eu dizia para eles, se não fosse minha ex, eu casaria com essa menina sem pensar."

Ada falava com ele todo dia e era tudo fresco e novo e lindo. Ela estava feliz. Uma noite, Ewan perguntou qual tinha sido a pior coisa que ele tinha feito, e Ada se arrepiou com a memória, mas contou mesmo assim, sobre a última vez que eles dormiram juntos na Virgínia.

– Eu disse que te amava – ela contou. – Você me mandou calar a boca.

Fiquei surpresa ao ouvi-la dizer isso – pensei que eu tinha dito aquilo, não ela. Talvez estivéssemos mais misturadas do que eu pensava.

– Foi uma merda – ela estava dizendo. – Fez eu me sentir... – ela pausou. Havia alguma palavra que descrevesse aquela humilhação?

Do outro lado da linha, Ewan falou no silêncio.

– Fiz você se sentir vulgar – ele disse, e começou a chorar. – Foi tudo que você sempre me pediu – para nunca mentir e nunca fazer você se sentir vulgar. Me desculpa, Ada.

Escutei maravilhada enquanto ele se desculpava por tudo que tinha feito com ela. Ada escutou comigo, igualmente surpresa.

— Talvez não seja uma ideia tão ruim amá-lo de novo — eu disse. — Se você quiser, é claro.

Ada inclinou a cabeça e o ouviu atentamente.

— Na verdade — ela disse — não tenho certeza.

Ela continuou pensando, considerando este novo Ewan, e no meio do caminho ele contou que também tinha uma relação íntima com Yshwa. Virei os olhos, mas sabia que isso era importante para Ada, estar com alguém que amava Yshwa como ela. Em novembro, Ada voltou para aquela cidadezinha fronteiriça do Texas para passar o feriado de Ação de Graças com Ewan.

Ele afirmava que a amava há muito tempo, mas eu conhecia Ewan. Ele nunca teria abandonado a segurança de seu antigo relacionamento se não tivesse certeza que o amor de Ada o receberia. Tudo bem, era humano. Sem wahala. Além do mais, ele a amava, talvez com ainda mais intensidade do que ela o amava porque, como ele havia previsto, ela mudou a vida dele. Não havia necessidade de fingir com ela porque Ada já sabia quem ele era em seus piores momentos, então, em vez disso, Ewan tentava mostrar-lhe quem ele era em seus melhores. Fiquei esperando por suas mãos cruéis, a versão dele que eu conhecia e amava, mas tudo que ele oferecia à Ada era cuidado.

Na primeira vez que ela foi para a cama com este novo Ewan, Ada me buscou, como sempre, mas pela primeira vez desde quando havia derrubado uma janela para resgatá-la, eu não estava lá. Eu não fui.

Ewan penetrou o corpo dela enquanto Ada engolia lágrimas, pânico gritando no estômago porque não era para ser daquele jeito, não com ele, não com o que ela ama e que a amava também. Depois que ele gozou, Ada começou a chorar.

— O que foi? — disse Ewan, pelado e apavorado, segurando-a enquanto ela chorava. — O que aconteceu?

— Não são lágrimas ruins — ela disse, para acalmá-lo. — Nunca tinha transado sem uma máscara antes. Sempre tem uma camada dura por cima de mim – Ada se sentiu doida tentando me descrever e Ewan só a abraçou mais forte.

– Você não precisa de uma máscara – ele disse. – Eu não vou mais te machucar.

Mas ela estava errada – eram lágrimas ruins, eram um ataque de pânico que a jogou de volta para o mármore. Dentro da cabeça dela era o único lugar real e seguro. Ewan era só um estranho. Vincent colocou a mão no meio das costas de Ada quando o pânico tomou o peito dela.

– Respire – ele disse.

Fiquei ali, horrorizada, observando enquanto ela chorava. Ela olhou para mim, os olhos vermelhos.

– Onde você estava? – exclamou, quebrando-se debaixo das mãos de Vincent, pedaços dela rastejando pelo chão. – Por que você me deixou? Você disse que nunca me deixaria! Eu fiquei sozinha!

Continuei observando e só conseguia pensar que estava com tanto medo, e que nunca tinha sentido medo antes.

– Não consegui te encontrar – sussurrei. – Não sabia onde você estava, Ada, eu juro. Não conseguia chegar até você.

Ela soluçou no mármore e meu coração se quebrou.

– Talvez por ser ele? – eu estava adivinhando. – Talvez você nem tenha percebido quando me mandou embora, mas eu juro, não sabia como te encontrar – a culpa era arrasadora. Uma simples promessa: você nunca vai senti-los se movendo dentro de você. Eu estarei lá. Será a mim que eles penetrarão, porque eles não podem me machucar.

E agora Ada tinha se apaixonado por um homem que tinha o poder de me manter afastada. Ele ia destruí-la.

– Ele não pode nos mandar embora – disse Vincent, porque ele conseguia enxergar pelo fundo do meu cérebro aberto. – Sempre estaremos aqui com você, Ada. E se dormirmos um pouco mais porque você tem a ele, talvez isso seja uma coisa boa. Mesmo que ele vá embora, estaremos aqui para juntar os seus pedaços. Sempre estaremos aqui, ok? Prometemos. Não é, Asụghara?

Assenti porque minha garganta estava apertada demais para emitir palavras. Isso parecia muito com o dia em que nasci, a maneira como ela tinha sido adentrada e machucada.

– Você está segura agora – consegui dizer. – Nunca vamos te deixar.

Ajoelhei ao lado dela e segurei a mão dela bem firme.

– Respire – disse Vincent.

Deve ter melhorado depois. Não me lembro de muito – eu estava dormindo mais, como Vincent tinha previsto. Eu estava dando uma vida à Ada porque Ewan a fazia feliz, e sinceramente, a menina merecia um pouco de felicidade. Ele deixou o Texas e se mudou para perto de Boston para ficar com ela. Foi lá que eles moraram juntos pela primeira vez. Ele a pediu em casamento em uma biblioteca em Cambridge e eles ficaram noivos e Saachi ficou furiosa, mas amoleceu depois de conhecê-lo e perceber que Ada casaria com ele de qualquer jeito. Então Saachi foi com Añuli para a Irlanda conhecer a família de Ewan, que ia dar uma festa de noivado para ele e Ada. Quando eles voltaram para os Estados Unidos, Ewan e Ada tiveram um casamento discreto em Manhattan, na prefeitura, e Ewan tinha lágrimas nos olhos quando disse os votos. Eles mudaram para o Brooklyn, começaram cursos de pós-graduação, adotaram um gato e o chamaram de The Prophet Jagger.

Deixei Ada com sua nova família. Quando ela vinha sentar comigo no mármore, conversávamos como velhas amigas, como se nunca tivéssemos planejado matar uma a outra.

– Ele quer que sejamos iguais – ela me contou.

Cruzei as pernas e fiz uma careta.

– Como assim?

Ada corou.

— Tipo no sexo — olhei para ela e ela levantou os ombros, depois os abaixou e abraçou os joelhos. — Sabe, no mesmo nível. Sem um ter mais poder do que o outro.

Eu ri.

— Mas isso é impossível.

Ada deu de ombros de novo e cutucou uma unha quebrada.

— Vai saber — ela disse.

— Não funciona assim, Ada, não quando as roupas já saíram.

— Você quer dizer, não quando você está lá.

Ah. Eu não tinha percebido que ainda a ajudava com isso, mas fazia sentido. Já era automático àquela altura, uma casca que ela colocava sobre si, mesmo que eu estivesse dormindo.

— Acho que estou sempre lá quando saem as roupas — eu disse. — A promessa deve estar sendo cumprida.

— Sim — ela disse. — Não podemos mudar isso?

Balancei a cabeça e peguei sua mão.

— Você não consegue, desculpa. Ou melhor, nós não conseguimos — Ada assistiu minhas unhas passando por seus dedos enquanto eu massageava sua mão. Todos os meus ossos eram um pouco mais longos que os dela.

— Como você está? — ela perguntou.

Olhei atravessado.

— Estou bem. Venho quando você precisa, tipo agora.

Ada pareceu um pouco envergonhada.

— Desculpa por ter meio que sumido.

— Não tem problema — eu disse. — Contanto que você lembre que não podemos nos separar, Ada. Sem nós, você é nada — você não sentirá nada, você não verá nada, você não escreverá nada. Você tem que estar em paz conosco, entendeu? Nós somos você.

— Sim, eu sei, tenho que lembrar — ela disse. — Se não eu acordo sem saber quem sou.

— Exatamente — dei um tapinha na mão dela. — Somos o

amortecedor entre você e a loucura, não somos a loucura.
Ela assentiu.
– Onde está o Saint Vincent?
– Ele está dormindo. Quer que eu o chame?
– Não, deixe ele descansar – ela observou enquanto estalei os nós de seus dedos. – Não quero perder vocês – ela disse, a voz baixinha.
– Biko, quantas vezes tenho que te dizer? Nós não vamos embora – ela fez uma cara triste e virei os olhos. – Ada, pare de se sentir culpada por ser feliz com Ewan. Nós estamos bem.
Ela corou e olhou para baixo.
– Ele quer que eu me entregue a ele por completo.
Olhei para ela, confusa.
– O quê?
– Completamente. Sabe. Por inteiro. Como ele se deu para mim.
Não gostei do jeito que ela falou, com uma pitada de esperança, então tentei ser gentil.
– Olha, eu não acho que isso é possível, sha.
– Por que não? Não é isso que se deve fazer quando se está apaixonado?
Resmunguei e soltei a mão dela.
– Minha amiga, não tem nada a ver com amor.
Ela ficou confusa.
– O que é então?
Olhei para ela, e juro, se eu pudesse ter libertado Ada naquele momento para amar e ser feliz e normal, eu teria feito. Mas eu não tinha começado nada disso e eu não sabia como parar, só como terminar.
– O que é? – ela exigiu.
Respirei fundo e esperei pelo melhor.
– Olha, você não pode se dar para ele porque você não pertence a você. É isso. Desculpa.
Demorou um minuto para Ada entender, compreender que estava trancafiada, que todas aquelas partes que ele queria, as partes

Aṣughara

que ela queria dar, as partes que completariam o amor que eles tinham – aquelas partes não estavam lá. Ou se estivessem, tinham sido colocadas em algum lugar tão distante que nem Ada podia tocá-las, muito menos Ewan. Vi o rosto dela se fechar, e quando ela começou a chorar, eu a abracei e sussurrei pedidos de desculpa por muito, muito tempo.

Foi só uma questão de tempo depois disso. Ewan queria o que qualquer homem apaixonado quer: uma mulher que suportasse a ternura, que não tivesse o coração trancado dentro de um oceano escuro. Ele queria uma lua macia nas mãos e recebeu um sol escaldante. Ada não tinha escolha – ela teria lhe entregado tudo se pudesse, só para fazê-lo feliz. Ele tinha parado de beber por ela, parado de fumar, parado de usar drogas, tudo. Mas eu tinha feito uma promessa e nós duas estávamos presas dentro dela, condenadas a desempenhar nossos papéis sem brecha. Isso quebrava o coração dela e eu não aguentava vê-la tão triste, então eu tomei controle e a levei embora, porque o casamento deles estava em chamas e eu queria protegê-la. Demorou anos para mim e Ada percebermos que eu tinha cagado tudo, que mantê-la afastada de Ewan tinha matado qualquer chance de eles consertarem as coisas juntos. Quando Ewan começou a implorar por ela, ela já não estava lá e eu o recusei. Mas sinceramente, mesmo que Ewan tivesse insistido mais, eles provavelmente teriam perdido. A única coisa que poderia tê-los salvado era que eu nunca tivesse existido, que Ada não fosse dividida do que jeito que era, que ela pudesse me controlar. Podemos ficar aqui listando coisas impossível o dia todo.

Quando Ewan foi embora do apartamento, ele estava bebendo de novo, fumando carteiras de cigarro, e cheirando pós em banheiros do West Village. Ele abandonou a universidade, deixando para Saachi um altíssimo empréstimo que ela tinha assinado com ele, e foi embora do país. Foi naquele momento que eu soube que estava certa, que ele sempre tinha sido fraco, que era bom que Ada não pudesse se entregar para ele, porque ele ia arruiná-la; ele era nada mais do que um humano inútil de merda.

    Era hora de eu voltar e consertar as coisas. Eu tinha permitido que Ada tivesse seus momentos. Ela tinha conhecido o amor, tinha sentido o gosto da felicidade, e ela tinha azedado. Tudo bem, é a vida, abi? Sem wahala. Mas eu ainda carregava uma verdade maior, uma verdade melhor. Tinha sido bom ser carne. Seria ainda melhor voltar para casa.

Capítulo Quinze

*'Nwa anwụna, nwa anwụna': nwa nwụọ ka anyị
mara chi agaghị efo.*

Ada

Minha mãe não dorme à noite.
Ela se preocupa. É assim que as coisas são
quando deuses frios lhe dão um filho.
Eu durmo como ópio inchado.

Ela se preocupa. É assim que as coisas são.
Fiquei louca tão jovem, veja.
Dormindo como ópio inchado,
gritando em meus dias bons.

Fiquei louca jovem demais, veja,
eles estavam ansiosos por me dominar.
Eu só grito em meus dias bons,
mutilada por carne e pele quente.

Eles estavam ansiosos por me dominar,
por beber de minhas profundezas terríveis.
Mutilada por carne e pele quente,
Tentei morrer deste corpo.

Bebi de minhas profundezas terríveis,
minha mãe não pode me proteger.
Tentei voar deste corpo,
agora sombras armadas a perseguem.

Elas babam na beira de sua cama.
Quando deuses frios lhe dão seus filhos,
certifique-se de mantê-los vivos.
Minha mãe não dorme à noite.

Capítulo Dezesseis

Seu cemitério parece um festival.

Asụghara

Depois que Ewan foi embora, eu estava cansada, então deixei Saint Vincent ficar um pouco mais à frente. Ele fez Ada vestir *skinny jeans* da Uniqlo, camisetas de algodão grosso, e um *binder* – uma faixa preta apertada que achatava nossos seios até um montinho de quase nada. Saachi ficou desesperada.

– Você está no fundo do poço – ela disse ao telefone. – Você está instável.

Ada riu e a ignorou. Saint Vincent ia a bares com paredes revestidas de cetim macio e cortinas de veludo vermelho, onde ele beijava mulheres com a boca de Ada. Calculei que se um comprimido da ciclobenzaprina receitada para a dor no ciático de Ada conseguia apagá-la por treze horas, então a cartela inteira com toda certeza a levaria para casa. As coisas começaram a despencar com uma rapidez assustadora. Ada se internou em uma clínica psiquiátrica e eu fiz ela ir para casa no dia seguinte. Chima foi para Nova York.

Era estranho ver todo o tamanho dele na pequena cozinha amarela de Ada. Desde que eu tinha nascido, não tinha prestado muita atenção nos irmãos de carne de Ada; meus irmãosirmãs eram bem mais interessantes. Mas Chima e Añuli eram muito importantes para Ada e ela estava sempre metida em algo com eles, um problema ou outro. Ela queria que Chima a salvasse, como um irmão mais velho, que a protegesse mais do que eu. Ela pensou que ele estava lá por causa da estadia dela na clínica, e de certa maneira, era isso.

– Tenho que te contar uma coisa – ele disse. – Eu e mamãe pensamos que seria melhor te contar pessoalmente, já que você recém saiu da clínica.

Ada sentou na mesa da Ikea sem nenhuma manchinha e olhou para o irmão. Assisti com preguiça, relaxada agora que não estávamos mais trancadas na merda de uma clínica psiquiátrica. Ele estava calmo; Chima sempre estava calmo.

– Uche está morto – ele disse, e o coração de Ada parou.

Uche era primo de Ada, o único filho de De Simon, um dos irmãos mais velhos de Saul. Quando Ada era criança, antes do resto de nós acordarmos, ela amava ir para Umuahia, onde ela tinha nascido. Uma de suas memórias mais vívidas era de ser chamada pelos velhos que sentavam embaixo da árvore no acostamento da rua que se tornava o condomínio da família. Eles tinham examinado bem o rosto dela, movendo-o para que ficasse na luz, as mãos cheias de veias direcionando o maxilar.

– É verdade – um deles disse. – Essa aqui parece nwa Simon.

Os outros assentiram e Ada sentiu um calorzinho se espalhando pelo peito. Parecer-se com Uche significava que ela pertencia a algum lugar. Era como se eles estivessem dizendo – podemos ver seu sangue em seu rosto, você é uma de nós. Todas as histórias que Ada já tinha ouvido sobre Uche tinham vindo de Chima durante a infância, o que ele tinha entreouvido de Saul ou Saachi, ou que tinha fingido saber, como o filho mais velho. Que Uche morava em Londres. Que Uche saía com homens. Que Uche e De Simon não se falavam há mais de dez anos. Que Saachi não gostava que Uche e De Simon não se falassem.

Quando a família de Ewan deu a festa de noivado em Dublin, Uche tinha ido de Londres com seu companheiro, um dinamarquês quieto chamado John, que trabalhava com astronautas. Eu estava dormente na época, só assistindo Ada ser feliz. Quando Saachi e Añuli chegaram dos Estados Unidos, Añuli e John se deram bem de cara. Os dois passaram a festa de noivado inteira trocando segredos em um canto. Uche era mais velho agora; o rosto dele tinha maçãs pontudas e olhos de águia debaixo das sobrancelhas. Ada não se parecia mais com o primo – o velho deve ter pensado nele criança –, mas ela e Uche dançaram juntos na pista de dança de madeira, e depois naquele ano, ele foi para os Estados Unidos e visitou Saachi e Añuli no deserto do sudoeste. Depois que Ewan foi embora, depois de todos descobrirem que Ada estava saindo com mulheres e ficarem loucos, Uche foi o único da família que conseguiu entender, que a amava e disse que estava orgulhoso. Era para ele visitar de novo, em novembro, ele disse, em Nova York, para ver Ada, mas ele teve uma embolia pulmonar e caiu em Londres em outubro e morreu.

Fiquei furiosa. Era como se permanecer viva só desse a todos mais tempo para ir embora. Chima ficou em Nova York por alguns dias e foi com Ada para a terapia.

– Você notou que não chorou? – ele disse lá. – Você só fica sorrindo.

Ada sorriu educada para ele e para a terapeuta. Mantive meus dedos enganchados nos cantos da boca dela até Chima ir embora.

Mais tarde naquele ano, Ada estava no apartamento da namorada, Donyen, em Flatbush, falando no telefone com Saachi. Os presentes de Natal que Saachi tinha mandado estavam saindo para fora da mochila de Ada, M&M'S de amendoim no chão de madeira e uma meia cheia de ratinhos peludos e varinhas com penas, brinquedos que Saachi tinha mandado para os gatos de Ada.

– Não vou embrulhar presentes para bichos – Ada estava dizendo para a mãe, segurando o telefone na orelha com um ombro levantado. – É ridículo.

– É só pendurar a meia, lah – Saachi respondeu. A voz dela quebrava na linha. – Abra no dia de Natal.

Ada riu e sorri dentro dela. A conversa era boba, mas às vezes até eu me sentia reconfortada pela voz familiar de Saachi, por como Ada conseguia reconhecer a letra dela só de relance, por como a letra de Ada muitas vezes era confundida com a de Saachi, como se a conexão das duas aparecesse na tinta.

– Foi você que usou o cartão de crédito de telefone? – Saachi perguntou, mudando de assunto. Todos os filhos tinham a senha do cartão, para quando precisassem fazer ligações internacionais, para a mãe de Saachi em Kuala Lumpur, para Saul na Nigéria, o que fosse.

– Não fui eu – disse Ada. – A última vez que usei foi para ligar para Londres – ela amassou um papel do pacote. Bocejei e me espreguicei dentro da mente dela. – Espera – ela continuou – é mesmo, você ligou para o Uche? Era para você ligar. Você ligou para o Uche?

Silêncio no lado de Saachi.

– Você quer dizer John – disse.

Senti o choque de Ada na garganta dela. A última vez que ela ouvira a voz de Uche foi quando eles estavam no deserto rindo das roupas que Añuli usava. Ela não podia acreditar que tinha esquecido que estava morto, em vez de em algum lugar por aí com o sangue compartilhado por baixo do rosto.

– Sim – ela conseguiu responder. – Quis dizer John.

Ada namorou Donyen até o fim do verão seguinte. Ela ainda morava no apartamento que dividia com Ewan quando eles estavam casados, tijolo aparente no quarto, pé direito alto, uma parede de destaque fúcsia. Ela tinha novos amigos interessantes: pessoas que viam além da carne; pessoas que rezavam para deuses, que eram dominadas por eles; pessoas que escutavam transmissões mesmo que na verdade não quisessem ouvir. Os amigos começaram a contar-lhe coisas.

– Tememos por você – eles diziam.

– É como se você estivesse nesta corda bamba entre a vida e a morte, como se qualquer movimento pudesse te mandar para um dos dois lados.

Aṣughara

— Quando te conheci, disse para outra amiga que você era maravilhosa, mas que eu tinha a sensação que você logo estaria morta. Fiquei impressionada. Era gostoso ser vista. Nenhum deles podia salvar Ada, sha. Ela já estava acabada; ela era minha. Eu a teria matado antes, mas o luto dela por Ewan era meio viciante. Ela corria dele, e só corria para lugares que eu amava, então eu a deixava viver. Donyen a amava, mas não era nada como o amor de Ewan, e Ada tinha percebido que o luto a encontraria sempre que ela ficasse sozinha. Então ela bebia muita tequila, derramando a queimação dourada pela garganta até que a agarrasse por dentro, mais forte do que qualquer braço poderia agarrar. Ela prestava atenção na acidez do limão e na sensação da pele verde rugosa contra os lábios, a luz nas coxas quando o álcool tomava conta, o gosto de laranja sanguínea e gelo. Nos banheiros, ela cambaleava e colocava as palmas nas paredes quando agachava para fazer xixi, a visão instável, o sorriso tremendo como se os dentes fossem sementes chacoalhando. Eu a assistia rir para o espelho enquanto lavava as mãos.

— Você está muuuuito bêbada — ela enrolava, se apoiando no espelho. Eu olhava para ela e ria, admirada. Empurrávamos a porta do banheiro e desaparecíamos nas batidas da pista de dança. Em outra noite, Ada sentou em um bar onde uma amiga trabalhava, e essa amiga ficava enchendo nosso copo com os resíduos de drinques que tinham sido preparados para outros clientes. Ada acabou no trem sozinha às duas da manhã, tão acabada que tive que forçá-la a manter os olhos abertos — eu sabia que apagaríamos no momento em que ela os fechasse. Ainda assim, a sensação de ficar bêbada era maravilhosa, como se eu estivesse me afastando da realidade, flutuando em um espaço melhor e separado.

Quando chegou no apartamento, Ada quebrou lâminas descartáveis para extrair só a parte afiada. Ela cortou o braço perto das antigas cicatrizes e assistiu as linhas vermelhas se formando, os pingos grossos que se penduravam na pele até ela os recolher com a língua. Ela atirava copos nas paredes e eles se quebravam em mil fragmentos brilhantes com pontas raivosas, um futuro melhor do que estar inteiro. Era tudo tão melhor do que o luto.

Quando ela sentou comigo no mármore, estávamos mais idênticas do que nunca, tão parecidas que até Saint Vincent declinou fazer parte da conversa. Eu e Ada estávamos bêbadas de margaritas caseiras, usando garrafas de leite vazias como copos.

– Eu nunca entendi – ela disse –, quando eu era criança, por que Yshwa não vinha me abraçar, sabe?

– Ah, eu sei essa – eu disse, fechando os olhos para sentir a leveza do meu sangue. – É porque ele é um cuzão inútil.

Ela me ignorou.

– Ainda mais porque ele sabia que eu não tinha mais ninguém – Ada não parecia estar triste, estava apenas expondo os fatos.

Relaxei meu corpo.

– Eu sei.

– Mas sou mais velha agora – ela continuou.

– Certo.

– Ok, mas ouça, Aşughara – ela se aproximou e abri meus olhos para olhar para ela. – Agora que sou mais velha, certo, por que ele não me mata enquanto durmo?

Ela tirou uns fios de cabelo do rosto e sentou. Eu queria dizer que Yshwa ia sempre desapontá-la, mas tomei um gole de bebida em vez disso. Ela tinha que descobrir isso sozinha.

– É basicamente a mesma coisa – ela disse. – Eu não tinha ninguém para me abraçar e agora não tenho ninguém para me matar. Eu esperava que ele realizasse ao menos um dos dois.

– Isso não é verdade – eu disse, e me aproximei para colocar a mão no braço dela. – Posso te matar quando você quiser.

Olhamos uma para a outra por um momento, e caímos na gargalhada porque sabíamos que eu estava falando sério. Depois que nossa risada se esvaiu, eu e Ada apoiamos nossas costas no mármore e suspiramos juntas.

– Você pensa muito em Soren? – ela perguntou. Fiquei pensativa.

– Não muito – virei minha cabeça para olhar para ela. – E você, nko?

Ada fez que sim.

– Eu estava pensando que este ano faz cinco anos desde que você chegou – ela disse. – E aí estava pensando em Ewan e lembrei daquela noite, no outono, lembra? Quando Ewan tinha voltado e Soren estava nos olhando.

– Ahhhhh sim, merda. Eu lembro. A casa no fim da colina, quando estávamos fumando no quarto do Denis.

– Isso. Ele tocava aquele sininho quando os becks estavam prontos, lembra? E aí ele tocava, tipo, Lauryn Hill ou Hot Chip.

Eu ri.

– E o Axel estava lá ganhando de todo mundo no pedra, papel ou tesoura. Todo mundo! Não fazia nenhum sentido, ele era bom demais naquilo.

Ada sorriu, mas estava pensando em Soren.

– Daí ele entrou e começou a falar comigo, dizendo que eu não costumava fumar nem beber, que ele não queria pensar que eu tinha começado por causa do que ele tinha feito. Acredita?

– Não, não, mas sabe o que eu amei? – ri com a lembrança. – Ewan bateu no seu ombro e te entregou a ponta, e você só olhou para Soren como se ele fosse nada, pegou, e virou as costas para ele. Fim.

– A cara dele! Ele só saiu do quarto – Ada estava rindo também agora. – Aquilo fui eu ou foi você? – ela perguntou

Dei de ombros e bebi da minha garrafa.

– Dá na mesma.

– Ai meu deus, e lembra do e-mail que ele enviou uns meses depois? Fiz uma voz fininha e chorosa para imitar a dele.

– "Eu nunca te amei. Eu só estava com saudade da minha namorada".

Ada bufou.

— Como se importasse àquela altura.
— Eh, ele só queria te atingir.
Ada virou a garrafa e fez uma cara triste.
— Acabou.
Estiquei a mão e toquei no vidro, que se encheu de novo com uma substância rosa.
— O que é isso?
— Morango dessa vez — respondi, e Ada riu.
— É por isso que deixo você sempre perto.
Bati nela com o cotovelo e bebemos em silêncio por um tempo.
— Por que você está pensando em Soren? — perguntei.
Ada suspirou.
— Estou puta, acho. Parece que ele arrancou algo de mim. Eu podia ter sido normal com Ewan. Que tipo de mulher não consegue fazer amor com o próprio marido?
Me encolhi.
— Você não pode dizer "foder"? Você sabe que odeio essa expressão.
— Você sabe o que eu quis dizer. Fazer sexo com sentimentos.
— Nós fizemos sexo com sentimentos — repliquei. — Tinha vários sentimentos envolvidos nas nossas fodas, pode crer.
— Não esse tipo de sentimento. Quis dizer, tipo, ternura.
Me encolhi de novo.
— Sério, Ada, vou tirar essa bebida de você.
Ela riu.
— Ok, ok. Você é estranha pra caralho — uma pausa, e ela mudou de assunto. — Às vezes quando eu penso em você, consigo te ver parada do meu lado, e parecemos gêmeas.
Olhei para ela.
— Você sabe que somos idênticas, né?
Ela fez sinal para eu calar a boca.
— Só que quando eu te vejo ao meu lado, estamos cobertas de sangue.
Bebi um pouco mais.

– Parece correto.
– Mas você seria tipo a gêmea mais velha, porque você cuida de mim.
– Não sou muito boa nisso.
Ada deu de ombros.
– Meh. Do seu jeito.
Mudei meu drinque para tequila pura.
– Não, eu sou boa em machucar pessoas e deixar pessoas, e sou muito boa em te esconder para ninguém conseguir te atingir de novo.
– E você é boa em foder – Ada adicionou, inclinando a garrafa na minha direção.
Bati a minha na dela em um brinde.
– E sou boa em foder.
– E em fazê-los sentir que são especiais.
– Ah, eu sou muuuuito boa nisso – sorri para ela, mas era com amargura e ela sabia.
– Você fez o que pôde, Aṣụghara.
– Sim – olhei para dentro da garrafa. – Eu não deveria nem ter existido.
– Ah deus, você está chegando na fase bêbada triste? – Ada tentou pegar minha garrafa, mas a segurei contra o peito.
– Vai à merda!
Ela riu.
– Ok, mas para de choramingar então. Você teve que existir.
Eu não estava pronta.
– Mas, tipo, você deveria ter estado, sabe? Você devia ter tipo tempo para fazer quando estivesse pronta, não do jeito que aconteceu – eu estava ficando meio triste. Talvez o luto dela fosse contagioso. Eu estava lembrando do dia em que ela percebeu que não tinha sido culpa dela, três anos depois de eu chegar, quando ela leu a definição de estupro na internet e caiu no choro no jardim de Ewan em Dublin, chorando e chorando enquanto ele a abraçava.

– Você deveria ter tido a chance de estar pronta – eu disse.

Ada tomou um gole do drinque, jogando a cabeça para trás.

– Acontece – ela disse.

– Ok, agora você falou que nem eu.

– Haha. Só quero ficar em paz. Se não, vou acabar culpando Soren por ter perdido Ewan e isso meio que me faz ter vontade de encontrar o desgraçado e esfaquear a cara dele.

Bati minha garrafa na dela.

– Caralho, com essa eu concordo.

Ada sorriu e colocou a cabeça em meu ombro.

– Não me deixe – disse. – Acho que ninguém vai me querer sem você.

– Não diga isso.

– É sério. Eu sou quebrada e estragada; você é inteligente e reluzente. Quem eles vão amar mais? Eles não precisam ter nenhum trabalho com você.

– Não vou te deixar, mas então você tem que vir comigo, ok?

– Ir para onde?

Suspirei.

– Você sabe.

Ada hesitou.

– É que eu tenho medo, Asughara. Eu quero, mas e se não funcionar?

Larguei minha garrafa e coloquei o braço ao redor dela.

– Eu sei – eu falei, e sentamos juntas por muito tempo, sem dizer nada.

Ada se rendeu a mim em outubro, um ano depois que Uche morreu. Ela estava saindo com um homem chamado Hassan na época, um instrutor de capoeira que ela tinha conhecido em um bar no Harlem em meio ao término com Donyen. Foi em uma noite em que eu estava caçando com o corpo dela, e Hassan estava de pé na saída do bar, vestindo uma roupa preta e justa, os cabelos escorrendo pelas costas. Deixei-o levar Ada para o apartamento dele, onde ele dançou na sala de estar, os cabelos voando pelo ar. Ele ficou falando o tempo todo, muito e rápido, e as palavras dele pulavam e se espalhavam e davam cambalhotas. Me cansei delas, então subi na cama coberta de cetim preto e o assisti tirar a camisa. Ele ainda estava falando.

– Cala a boca e me fode – eu disse.

Lembro-me de como ele parou, chocado, antes de voltar a si e ir para a cama comigo. Pelo resto da noite pude ser meu eu mais carnudo, fazendo coisas carnudas. Não tive que pensar em Ada perdendo Ewan e ela também não pensou nisso, então foi bom. Foi um espaço de prazer branco e vazio e eu me senti livre dentro dele.

Na manhã da rendição de Ada, ela estava triste porque tinha brigado com Hassan na noite anterior. Eu estava cansada de tudo, cansada das tantas vezes que eu teria que vê-la machucada. Então a sentei na cozinha amarela e a espalhei em uma cadeira. Ela colocou os cotovelos na madeira crua da mesa da cozinha, manchada com velhos respingos de cúrcuma e tomate. O cadáver de Uche estava do outro lado da mesa, o coágulo no pulmão deixando ele cinza enquanto ele a olhava com olhos semicerrados e sangue parado. Ada misturou pasta missô e algas secas em uma tigela com água quente, falando baixinho com ele como se ele estivesse vivo. Fiquei atrás dela com as mãos em seus ombros.

– Onde eles te colocaram? – ela perguntou. – Me diga e vou te encontrar.

Ronronei em seus pulsos. Eu estava mantendo um equilíbrio delicado ao trazer a sombra de Uche para cá, mantendo uma tensão delicada entre o mundo de Ada e o dos irmãosirmãs.

– Desculpa por não ter ido antes – Ada disse. – Eles não me deixaram. E eu sei que você vai me dizer para ficar com eles, mas Uche, sinceramente, eu não quero mais – ela parou de misturar por um momento. – Queria poder explicar isso para eles.

Observei Ada pegar o potinho de remédios receitados, pressionar e girar, abrindo a tampa. Eram analgésicos – Donyen tinha levado os relaxantes musculares embora quando soube do plano de suicídio. Tentei comprar mais, mas Ada deu a bula para Hassan, porque ele tinha uma coisa com comprimidos e injeções, então só tínhamos os analgésicos. Pensei que ia dar certo com eles.

– Queria poder ter me despedido de todo mundo sem que eles enlouquecessem, sabe? Sem choro, sem tentar me internar. Como se eu estivesse indo viajar. Até porque eles não precisam se preocupar, minha família me espera.

O cadáver de Uche se recostou e esticou uma perna comprida na direção da geladeira, cruzando os braços. Um pedação de pele estava pendurado por um fio na maçã íngreme do rosto.

– Tio Alexander, Tio Bishop, Vovô, você – Ada olhou para o cadáver de Uche enquanto listava os parentes mortos de Saachi e franziu o rosto. – Sinto que você vai ser o mais receptivo ou o mais furioso – o rosto dela desmoronou em tristeza ao pensar nisso. – Não fique bravo comigo, por favor – ela disse. – Já passei por coisa demais aqui embaixo. Sei que sou difícil e todo mundo já se cansou, principalmente eu. E eu sei que os outros se importam, mas eles vão me parar e eu só quero perder, só desta vez.

Ela derramou os comprimidos na mesa, em cima da tigela e ao lado dos morangos desidratados. O cadáver de Uche recaiu os olhos de pestanas pesadas na piscina que ela fizera. Segui o olhar dele, observando os milhares de miligramas que estavam conosco. Não íamos perder, não desta vez.

Falei no ouvido de Ada.

– Sabe como eles falam de viver um dia de cada vez? – eu disse. – Você consegue um comprimido de cada vez.

Ada assentiu e eu contei por ela. Depois de umas centenas de miligramas, alguns milhares, umas centenas a mais faltando. Ela sempre odiou tomar comprimidos com água e tinha pensado em fazer um suco de toranja mais cedo, mas o juicer estava sujo. O detergente de louça tinha cheiro de toranja. Ela inclinou a tigela de missô para dentro da boca. Quando era criança, Ada tomava remédios com achocolatado, ou acabava vomitando tudo. Eu contei por ela.

Uns milhares e umas centenas para dentro. A saída, eu percebi, era fazer Ada nem perceber que isso estava acontecendo. Porque se estava acontecendo, ela teria que ligar para a melhor amiga, e o que é que aquela lá podia fazer além de se preocupar a distância? Então fiz a cozinha parecer surreal e Uche estava lá como prova. Se você morre em um videogame, você morre na vida real? Ela tinha experiência com o surreal por todos aqueles anos de fadas, todos aqueles anos acreditando em terras flutuantes e eus divididos; eles tinham sido preparação para este momento, esta tentativa real, esta última crença. Eu contei por ela.

Mais milhares, mais centenas de miligramas. Estávamos na metade. Ada pensou em Bassey Ikpi e a amiga de quinze anos que tinha se matado. Tinha uma instituição agora em homenagem a ela, a Siwe Project. Ela pensou nos adolescentes homossexuais que tinham se matado naquele ano, incluindo o rapaz com quem ela tinha falado no trem para o Brooklyn, que tinha ido para casa e se enforcado. Os invisíveis e machucados, todos partindo juntos. Parecia que ela tinha perdido um trem e estava tentando alcançá-lo, tropeçando nos trilhos.

Continuei contando. Já tínhamos passado tempo demais com um pé neste mundo; o aperto precisava ceder, o pé precisava voltar. O Obi pode se ajoelhar, mas nunca desmorona.

Hassan estragou tudo ligando para ela.

Assisti a tudo se desmantelando a partir daí. Assisti a Ada falando com Hassan como se nada tivesse acontecido, como se Uche não tivesse estado e aí não estado na cozinha dela, como se o surreal que eu passara a manhã toda construindo não tivesse sido destruído. Logo antes de desligar o telefone, ela contou para ele.

– Acho que fiz uma bobagem – ela disse, falando desse jeito porque sabia que era assim que ele falaria.
– O que você fez?
–... Tomei uns comprimidos.
– O quê?
– Tomei uns comprimidos.
– Uns? Quantos você tomou?
Ada não respondeu.
– Quantos você tomou, Ada?!
Ela tentou falar em tom jocoso.
– Hum, uns vários.
– Como assim, caralho?
– Não, não, está tudo bem. Já te ligo de volta. Vou ligar para uma amiga para resolver isso – Ada desligou na cara dele e ligou o computador. Eu assisti, apavorada. Fácil assim. Fácil assim, tudo acabado. Ela estava numa videochamada agora, relatando o que tinha acontecido para uma amiga, sendo alegre e animada de um jeito que provavelmente parecia obsceno.

A amiga estava em pânico.
– Devo ligar para a emergência? – ela ficava perguntando.
– Não! – ao menos eu e Ada ainda concordávamos sobre isso.
– Não ligue para ninguém. Vai ficar tudo bem. Só vou me fazer vomitar, eu nem tomei tantos. Vai ficar tudo bem. Espera aí.

Segui Ada, entorpecida, até o banheiro e a assisti colocando os dedos na garganta. Nada voltou além de um pedaço de alga e bile. Ela ficou tentando por uns dez minutos, daí voltou para o computador e continuou falando com a amiga.
– É que eu estava tendo uma manhã ruim, tipo, eu estava cansada de tudo...

Ada foi interrompida por batidas na porta e a amiga começou a chorar.
– Me desculpa – ela disse. – Eu tive que chamá-los.

Ada começou a soluçar freneticamente. "Não, não, não!". Ela fechou o computador com um baque e eu tomei conta rapidamente, acalmando o rosto dela para podermos atender a porta.

– Não deixe que eles te vejam assim – eu disse a ela. Eu quase não sentia nada, meu fracasso era aterrador, mas ainda estávamos vivas, e eu ainda tinha uma missão. Três policiais entraram e começaram a fazer perguntas enquanto eu assistia.

– Por que você faria algo assim? – um deles perguntou, achando graça. – As coisas não podem estar tão ruins assim.

Coloquei um sorriso no rosto de Ada e ela o manteve ao olhar para ele, e ao descer as escadas e sair para a calçada, onde a ambulância esperava por ela. Donyen saiu de um táxi e foi até Ada.

– Sua amiga me ligou – ela explicou. – Me disse que você falou para não ligar para a emergência, e eu disse para ela ligar. Eu disse, "Você quer que a Ada fique brava com você ou você quer que ela morra?". Eu vou com você.

Mantive o sorriso preso no rosto de Ada enquanto as duas entravam na parte de trás da ambulância. Eu tinha fracassado. Eu já sabia que conseguir uma segunda oportunidade seria muito mais difícil. Mas agora eu precisava lidar com a crise em que tinha nos colocado. Fiz isso com o mesmo sorriso, contando piadas para as enfermeiras até elas se irritarem. Uma delas era nigeriana, e ela repreendeu Ada sem nenhuma simpatia, forçando-a a beber carvão ativado. Assisti a Ada vomitar em um penico branco. Assisti quando ela começou a delirar, quando entrou em pânico, quando as outras amigas vieram e sentaram com ela na cama de hospital. Eles enviaram um psiquiatra para avaliá-la, mas ele não gostou da nossa atitude e eu percebi que ele queria nos internar. Aquilo me acordou mais rápido do que qualquer outra coisa. Sob nenhuma circunstância eu deixaria alguém nos confinar, não depois daquela noite na clínica um ano antes.

– Deixa que eu cuido disso – falei para Ada, mesmo que nós duas estivéssemos exaustas.

Donyen tinha conseguido o número de Hassan com alguém e ligado para ele sem Ada saber, e gritado com ele por não ter estado lá. Fiquei furiosa quando Hassan nos contou.

– Você não tinha direito de ligar para ele – falei para Donyen, a camisola de hospital de Ada amassada nos ombros. – Não tem nada a ver com você.

– Você está falando sério? – ela disse. – Você chamou o nome dele, não chamou? Quando estava delirando. Você chamou a merda do nome dele e ele não pode nem vir te ver?

Respirei fundo. Era inconveniente pra caralho ter que lidar com isso quando os médicos estavam tentando decidir se deviam dar alta para Ada ou largá-la em uma ala psiquiátrica. Eu queria estapear Donyen.

– Você é minha ex! – explodi. – Você não pode ficar ligando para a pessoa com quem estou saindo agora para gritar com ele. E agora eu tenho que lidar com essa merda além de tudo mais porque você não consegue cuidar da própria vida.

Hassan estava chateado no telefone quando finalmente conseguiu falar com Ada.

– Não posso com essa merda – ele disse. – Sua ex é doida pra caralho.

– Cara – eu disse, – você não tem que vir até o hospital – a última vez que ele tinha estado em um foi quando a mãe morreu. Desde então, ele os evitava.

Ele apareceu mesmo assim, para falar para a Ada que queria terminar. Eu quase ri. Ela estava em uma cama de hospital depois da minha tentativa de suicídio e agora estava levando um pé na bunda. Maravilha.

– Você pode ir comigo encontrar a médica? – perguntei. – Você foi a última pessoa com quem estive antes disso. Preciso que você ateste que estou bem.

Então Hassan sentou ao lado de Ada em frente à médica, e eu e ele jogamos nosso charme, sorrindo e minimizando a coisa toda.

– Oito amigos já vieram me ver nas últimas doze horas – eu

disse à médica. – Você realmente acha que vai ser melhor para mim ficar separada de todo meu apoio e ser internada em uma clínica sem nenhuma comunicação com o mundo exterior em vez de ser liberada aos cuidados deles?
Ela bateu os dedos na mesa.
– O médico que te avaliou sentiu que você pode representar um risco para si mesma – ela disse.
Eu sorri, um sorriso grande e confiante.
– Eu estava meio grogue quando ele me fez aquelas perguntas e ele parecia meio irritado, não sei o porquê. Mas você mesma pode ver que estou em boas mãos.

Hassan entrou na jogada com seus dentes reluzentes e assegurou que sim, Ada estava em boas mãos, ela tinha estado ótima quando ele a viu na noite anterior, e tinha sido só uma manhã difícil.
– Ela vai ficar bem, vamos cuidar dela – ele mentiu.
Donyen já tinha ido embora mal-humorada antes de ele chegar.
– Eu sei que te abandonei – ela diria depois. – Eu estava brava. Desculpa.

A médica deu alta para Ada, para meu aterrador alívio. Saachi estava ligando, mas eu não atendi as ligações dela, nem de Chima. Ela ligou para uma das amigas de Ada, então. "Ela precisa ficar no hospital", Saachi disse. "Deixa eu falar com um dos médicos".

Ela não podia. Eu tinha feito Ada revogar todos os acessos de Saachi quando ela começou a dizer que éramos instáveis, então ela não era mais o contato de emergência de Ada, e já que estávamos na América, os médicos se recusaram a falar com ela. "Não temos permissão da paciente", eles disseram. Mais tarde naquela noite, Ada falou com Añuli.
– Você está bem agora? – Añuli perguntou.
– Sim, estou bem – Ada mentiu.
– Ok. Que bom.

E foi isso. Fácil assim, eu perdi.

Capítulo Dezessete

*Quantos dias nós vamos usar
para contar os dentes do diabo?*

Nós

Diga a uma criança que lave o corpo e ela lavará a barriga. Asụghara era uma tola por ter tentado aquilo. De todos os caminhos que podia ter pegado, ela escolheu o que era um tabu para Ala, como se lhe fosse ser permitido concluí-lo, como se ela tivesse esquecido de quem A Ada era filha. A vida não pertence a nós para acabarmos com ela. E além disso, ela deveria ter lembrado que somos *ọgbanje*; nenhum de nós morre assim.

Mesmo assim, tinha sido uma boa aposta, soltar a pequena eu-besta no mundo, permitir que ela pulasse de cama em cama e chacoalhasse corações entre seus dentes pontudos. Quando ela não voltou pelos portões, sentimos muito a queimadura. Se Ala ainda não queria que retornássemos, então tínhamos desobedecido ao tentar. Os irmãosirmãs não eram desculpa, mesmo que eles tivessem exigido que voltássemos – entre eles e ela, a escolha de quem obedecer não devia ter sido uma escolha.

Então ainda estávamos trancafiados dentro de A Ada, com a memória granulosa do carvão revestindo o fundo da garganta dela. Ela estava mais isolada do que nunca e nós estávamos esfolados por ainda estar em carne, então a única coisa que podíamos fazer era caçar. Se estávamos presos em um corpo, então faríamos coisas corpóreas. Pintamos os lábios de A Ada e delineamos seus olhos com a noite, e saímos com Asụghara em uma coleira longa e frouxa. Foi fácil, como sempre era. No bar, havia um homem com olhos de âncora e cabelos como cobras, e mesmo que lá ele fosse tímido, ele pegou a mão de A Ada quando ela saiu do táxi e andou com ela até a casa antiga onde vivia. Que estranho gentil, pensamos. Nós nos sentíamos enormes e cruéis ao lado dele, Asụghara escondida atrás da doçura do rosto de A Ada, confusa com a delicadeza dele. No apartamento, assistimos enquanto ele se movia entre as prateleiras e os móveis. Ele era um artesão e havia coisas frágeis por todos os lados. A Ada disse algo que o fez rir e ele pegou o rosto dela nas mãos, rindo, e a beijou em um momento puro e cintilante.

No aperto do quarto dele, Asụghara pressionou nossa mão contra a parede *pied de poule* vermelha e gemeu alto enquanto ele se movia dentro de A Ada. A carne era carne, e por um tempinho conseguimos esquecer toda a mágoa, todo o peso de mais de duas décadas de corporificação nos destruindo. Ele era tão lindo.

– Você não precisa ser gentil – Asụghara disse. Ele olhou nos nossos olhos, levantou a mão, e nos bateu forte na cara de A Ada. O impacto chacoalhou o maxilar de A Ada, mas não desviamos o olhar; sentimos o gosto de chuva encher nossa boca. Ah, ele era uma coisa tão gentil e estranha, nos machucando tão perfeitamente. De manhã, antes de a realidade o tomar novamente, ele olhou para A Ada.

– Eu precisava disso – ele disse. – Precisava de você.

Ela tinha esquecido o nome dele, se é que soube em algum momento, e nunca mais ouvimos falar dele. Meses depois, quando o verão estava começando e o Brooklyn estava derramando raios de sol, A Ada o encontrou em um festival de rua e ele baixou os olhos de âncora ao passar por ela. Nós o perdoamos com facilidade. Depois de soltar seu lado selvagem, depois de derramar sua escuridão na frente de um estranho, pode ser difícil olhá-lo na senciência da luz do dia. Além disso, ele foi só um pico bonito na louca cronologia da corporificação – ele era muito importante e, ao mesmo tempo, nem um pouco.

Nos meses desde a cama dele, A Ada tinha estado em Lagos, na Cidade do Cabo e em Joanesburgo, onde Asụghara tinha dominado corpos em bancos de carros e camas de *hostels* e chãos de salas de estar.

Tínhamos ido longe demais e assustado os humanos, esquecido seus nomes e rostos, traído alguns amigos e deixado outros. Mesmo tudo isso era nada se comparado à melhor coisa que havíamos conquistado, quando deitamos o corpo de A Ada em uma mesa de cirurgia e permitimos que um homem mascarado usasse uma faca prodigamente na carne dos seios, mutilando-a melhor e mais fundo do que nós jamais poderíamos, atingindo até a retidão. Depois destes entalhes, que importância tinha um humano?

***

A cirurgia de A Ada aconteceu na primavera que seguiu a tentativa fracassada de Asụghara, só cinco meses depois. Antes disso, pensávamos no corpo como pertencendo mesmo à A Ada, como algo em que éramos convidados, algo que a eu-besta podia pegar emprestado. Mas agora que tínhamos sido rejeitados dos portões, agora que estávamos sentenciados à carne, era hora de aceitar que este corpo também era nosso. E com Saint Vincent, nossa graça, comandando as coisas mais do que antes, o corpo, enfim, estava se tornando insatisfatório, feminino demais, reprodutivo demais. Aquele formato tinha funcionado para Asụghara – aqueles seios com aréolas grandes e escuras e mamilos que ela conseguia colocar na boca – mas nós éramos mais do que ela e nós éramos mais do que o santo. Éramos um equilíbrio delicado, maiores do que quer que as nomeações tivessem criado, e queríamos refletir isso, transformar A Ada em nós. Remover os seios dela foi apenas o primeiro passo.

Você precisa entender, a fertilidade era uma abominação pura e clara para nós. Seria impensável, incrivelmente cruel que nós um dia inchássemos tão anormalmente, que nosso recipiente lactasse e mudasse. Havia algo mais humano? As regras dos nossos irmãosirmãs, dos *ọgbanje*, eram claras. Nunca deixe uma linhagem humana, porque você não veio de uma linhagem humana. Se você tem ancestrais, não pode se tornar um ancestral. Não tínhamos nenhum problema com seguir essas instruções; sempre tínhamos protegido A Ada ferozmente contra a blasfêmia de ter outra vida crescendo dentro dela. Quantas vezes Asụghara tinha permitido que um banho de esperma adentrasse o corpo de A Ada? E mesmo assim, a cada vez, nos endurecíamos e nada persistia. Éramos um milagre, um alívio para A Ada.

Quando Ewan foi embora e Asụghara permitiu que Saint Vincent dominasse o corpo de A Ada e começasse a enfaixar seus seios – tudo isso era uma preparação para uma muda, a pele se separando em longos rasgos. Na primeira vez que A Ada usou o *binder*, ela virou de lado no espelho e Saint Vincent riu alto de alívio, de gozo, pela retidão da ausência. A Ada estava usando jeans roxos desbotados, e a maciez da barriga transbordava da borda inferior da faixa. Mas ela conseguia viver com isso, mesmo com a dor nas axilas. A lisura do peito fazia tudo valer a pena. A Ada vestiu uma camiseta de manga curta sobre a faixa e passou as mãos por cima da curva suave. Parecia uma armadura, como se fôssemos à prova de balas, como se Saint Vincent estivesse sendo construído em camadas de fibra determinada. A Ada usava o *binder* todo dia e o lavava à mão na pia do banheiro. Uma vez, cometeu o erro de colocá-lo na secadora, esgarçando o elástico. Saint Vincent sofreu como cada fração de frouxidão que ela causara, e ela foi mais cuidadosa depois disso.

Antes de Asụghara nos colocar no pronto-socorro, estávamos procurando por médicos para alterar A Ada, para esculpir nosso corpo e transformá-lo em algo que poderíamos chamar de casa. Saachi finalmente percebeu, em meio ao pânico pela tentativa de suicídio de Ada, exatamente quanto da filha pertencia mesmo a ela, ou seja, quase nada. A Ada escorregando da mãe humana na nossa direção, para uma liberdade em que Saachi não confiava. Afinal, como ela podia proteger a menina se a menina não escutava, não obedecia, se a menina era nós? Éramos gratos por, no passado,

Saachi ter cuidado de A Ada, tê-la mantido viva quando bebê e por ter sido uma excelente guardiã dentro de seus limites, mas o que ela sabia sobre graças ou eu-bestas ou corporificações feias e indesejadas, ou sobre os sacrifícios pelos quais uma cobra deve passar para continuar sua trajetória, a necessidade da ecdise, os túmulos feitos de pele? Nós a ignoramos com o máximo de gentileza – este corpo era nosso, não dela; esta menina era nossa, não dela, ela precisava entender que a jurisdição dela tinha acabado e que insistir seria blasfêmia.

A Ada usou um terapeuta para auxiliar no nosso plano para esculpi-la e nós descobrimos que humanos tinham palavras médicas – termos para o que estávamos tentando fazer – que havia procedimentos, adequação de gênero, transicionar. Sabíamos que o que estávamos planejando era o correto. Mesmo as coisas das quais a A Ada costumava não gostar no próprio corpo tinham se acalmado depois que deixamos Saint Vincent livre. Os ombros largos e a maneira como se afunilavam em quadris estreitos e nádegas pequenas finalmente faziam sentido. Roupas masculinas cabiam certinho neste corpo – éramos lindos. Consideramos remover os seios completamente e tatuar o osso do peito achatado, mas aquela conclusão também parecia errada, uma ponta do espectro disparando instavelmente até a outra – não era quem éramos, não ainda. Então escolhemos uma redução ao invés de uma remoção; cortamos os bojos G de tecido mamário descarado até pequenos Ps, achatados o bastante para não precisarem de sutiã, para não se moverem, para serem uma imobilidade. A Ada quis incluir a mãe humana no procedimento e nós permitimos porque, pensamos, recipientes são leais. Mas Saachi era contra a cirurgia – ela ligou para os médicos e os ameaçou até eles se retirarem; ela brigou com os terapeutas, brigou para que fôssemos vistos como instáveis, doentes. Ela ligou para Saul, com quem nunca falava, não desde o divórcio, e contou para ele, nos expôs para ele.

– A sua filha está querendo cortar os seios – ela disse.

A Ada ficou furiosa, mas nós permanecemos calmos. Entendíamos o que era necessário – humanos frequentemente deixam de escutar, como se sua teimosia fosse convencer a verdade a mudar, como se eles fossem assim poderosos. Mas eles entendem coisas forçadas, crueldades – essas eles obedecem. Então acabamos com o contato de Saachi com os médicos de A Ada, a excluímos, a exilamos e a excomungamos. Foi nessa época que ela deixou de ser o contato de emergência; foi por isso que ela não teve acesso aos médicos de A Ada quando Asụghara tentou matar o corpo. Para uma mulher que buscava afogar a solidão nos filhos, foi algo brutal, excluí-la. Mas tivemos que retirar todo seu poder, lembrá-la de que um simples humano não podia nos impedir, que ela não tinha nenhuma chance. Não devolvemos seus filhos até que seja de nossa vontade, talvez nunca.

Quando encontramos os novos médicos, a mãe humana não ficou sabendo de nada. A Ada levou fotos de peitos pequenos, pequenos a ponto de nem pensarmos neles como seios, pequenos o bastante para nos sentirmos de volta a um tempo quando não éramos capazes de ações biológicas, quando éramos neutros como devíamos sempre ser. A Ada guardou os reembolsos dos empréstimos estudantis até ter a quantia certa: milhares para pagar o médico e o anestesista. Ela trançou um longo fio de lã em seus cachos para que eles pudessem ser amarrados e deixamos em paz enquanto nos recuperávamos da cirurgia.

Saachi ligou para A Ada, sem saber do plano, animada com uma visita que estava planejando para ver a irmã. "Vou para Nova York", ela disse. "Preciso conseguir um visto para Chima.".

A Ada começou a entrar em pânico, mas a ignoramos. Era uma reação desnecessária – que perda de tempo passá-lo sendo humano. Escrevemos para Saachi e informamos que A Ada faria uma operação um dia antes da chegada de Saachi.

"Você será bem-vinda no apartamento se oferecer apoio", escrevemos. "Caso contrário, você precisa ficar em um hotel".

Era mais simples desse jeito. Éramos uma força inevitável; seria mais fácil seguir nosso fluxo do que questionar as coisas. É como dissemos, ela precisava entender. A menina pertencia a nós, sempre pertencera a nós.

No dia da cirurgia, o médico desenhou linhas pretas e grossas pelo peito de A Ada. Ele explicou como ia fazer incisões na parte de baixo do seio, fatiar o meio, tocar o mamilo em um corte liso, redondo e sangrento. O tecido adiposo seria removido; os círculos escuros das aréolas ficariam pequenos, minúsculos, uma órbita nua ao redor do mamilo. Os cortes seriam costurados com um material que a carne absorveria depois, então não teria que ser retirado. Fotos foram tiradas. Eles deslizaram um pedaço fino e forte de metal oco dentro do braço de A Ada e deram-lhe medicamentos através dele. Ela nunca tinha sido sedada; nunca tínhamos conhecido o gosto destes medicamentos desde os dias em que nascemos, e era uma artificialidade estranha enquanto contávamos de trás para frente, enquanto íamos para o lugar nenhum absoluto. Não havia portões, nem espaços liminares – estávamos só ausentes e então de volta e era horas depois e estávamos sem um peso no peito.

Saachi chegou no dia seguinte e não disse nada sobre a cirurgia, não fez perguntas. Aprovamos a decisão dela. Ela foi com A Ada para as consultas pós-operatórias, para a sala de espera limpa e organizada, e de volta para o tijolo aparente do apartamento de A Ada e para a cozinha amarela. Ela ajudou A Ada a trocar os curativos e segurou o braço dela quando o calor do chuveiro fez nosso corpo desmaiar. Foi um alívio; estávamos gratos pelo indulto, não por nós, mas por A Ada. Malena também estava lá, a testemunha que sempre era, e A Ada sorriu ao ver a mãe compartilhando Heinekens e charutos dominicanos com essa amiga domada por santos. Quanto a nós, estávamos fascinados pela fita branca que escondia os cortes, pela costura fina, pelo novo corpo.

Manipulamos a química de A Ada e decidimos purificá-la: corremos por suas células e rejeitamos álcool, carne, laticínios, açúcares processados; fizemos com que essas substâncias contraíssem o estômago dela, fizessem a cabeça doer, e torcessem os intestinos. Este era nosso corpo e ele seria o que nós queríamos, agora que a reconfiguração tinha sido feita.

Antes da cirurgia, A Ada tinha contado aos amigos que mal podia esperar para poder voltar a usar vestidos. Eles ficaram confusos. Olharam para seus seios enfaixados e para as roupas masculinas.

– Por que você vai ficar mais feminina sem os seios? – eles perguntaram. – A maioria das pessoas faz a cirurgia para poder ser mais masculina.

A Ada deu de ombros e nos movemos por ela. Era simples como víamos nosso-eu, vestidos subindo pela coxa, se abrindo na frente e mostrando o osso do peito – tule e renda e nuvens de roupas. Assim como ter cabelos longos pesando em nossas costas nos fazia querer usar camisas abotoadas até o pescoço, mangas masculinas enroladas até os bíceps, coisas muito, muito viris. Nada disso era novidade. Éramos os mesmos desde o primeiro nascimento, através da segunda nomeação, a terceira ecdise. Fazer o recipiente se parecer mais conosco – era o limite das nossas intenções. Nós entendemos o que somos, os lugares em que estamos suspensos, entre conceitos inexatos de masculino e feminino, entre nós e os irmãosirmãs babando do outro lado.

Depois do nosso primeiro nascimento, levou um curto período de tempo para entendermos que o tempo tinha nos trancafiado em um espaço onde não éramos mais o que costumávamos ser, mas ainda não tínhamos nos tornado o que seríamos. Era um lugar que sempre e nunca se movia. O espaço entre os espíritos e os vivos é a morte. O espaço entre a vida e a morte é a ressurreição. Tem o cheiro de uma folha de manga partida, pungente, grudada à casca interna da nossa pele.

As profecias que vieram depois, de Malena e outros, elas explicavam isso – a mudança, as mudas rápidas e as reformatações, a queda e o ressurgimento das escamas. Mas àquela altura já era tarde demais para A Ada fazer qualquer coisa além de tentar nos acompanhar, tentar não se afogar no fluido limiar em que nadávamos. Tinha o gosto azedo do gim, metálico do sangue, era encharcado dos dois, descendo pelo vermelho até atingir solo franco. Território *ogbanje*. Podíamos descansar nele como na curva de dentro de um porongo; podíamos mergulhar em nosso-eu, voltar para nosso início, fazer aquelas dobras finais. Às vezes eles chamam isso de encruzilhada, o ponto de mensagem, a dobradiça. Também é chamado de espaço fluido, a linha na borda – como dissemos, ressurreição.

Capítulo Dezoito

Meu deus, meu deus.

Nós

Havia, nisso tudo, algum conforto em saber que não éramos os primeiros a atravessar e acordar em carne. Desde o batismo, desde que o convocaram do mar ácido por meio de orações, sabíamos sobre Yshwa. Ele permaneceu durante os anos, passando e saindo, o rosto mudando, os ossos borbulhando e se movendo. Entendíamos o ressentimento de Asụghara, por ele ter se recusado a ocupar carne novamente por Ada, mas a escolha dele fazia sentido. Sempre foi óbvio que Yshwa, como outros deuses, não se comove pelo sofrimento do jeito que humanos pensam.

Talvez ele ocupe carne uma última vez, quando o mundo estiver acabando, só para vê-lo em chamas. Ou ele pode continuar afastado, apesar de todas as pessoas que esperam sua volta gloriosa. No lugar dele, faríamos isso, continuaríamos afastados. Por que existir neste plano por escolha? A humanidade era feia e esburacada; fazia do sono um alívio, um breve escape em que se podia fugir para outro plano. Era o mais próximo da morte que podíamos chegar, o mais perto dos portões, de retornar para casa ou qualquer outro lugar. Se fôssemos libertados como Yshwa, nenhuma quantidade de orações ou jejuns ou vigílias noturnas nos traria de volta, não importa quanto azeite de oliva ou sangue fosse derramado em nosso nome. Mas não foi isso que aconteceu.

Permanecemos presos e Asụghara abrandou com Yshwa porque ele continuava visitando o mármore para falar com A Ada. No início, Asụghara se virava e fingia não escutar a ondulação suave das conversas deles, a única forma de oração que A Ada ainda conseguia realizar. Desde Soren, ela não conseguia ajoelhar nem juntar as palmas para adorar Yshwa como fazia antes – parecia falso. Muito tinha se quebrado. Então A Ada apenas conversava com ele enquanto eles andavam longamente por caminhos de relva e praias negras, onde eles sentavam em ossos do mar e olhavam a água.

Yshwa aparecia diferente a cada vez que se manifestava. Ele usava variações de sua forma humana original, mudando a altura, o tom de marrom da pele, de médio para escuro, a limpeza das roupas de linho, o crespo dos cabelos, a largura do nariz. As mãos dele tinham dedos longos com unhas pequenas e peroladas, ou largas e curtas com palmas calejadas das quais ele retirava farpas enquanto conversavam. Às vezes ele era alto, magro, com um pescoço elegante e olhos cansados, a pele preta como pedra. Ou ele era gordo, o peito redondo, coxas de fundação, a pele como açúcar queimado. Ele era sempre gentil.

Quando Asụghara começou a se aproximar dele, lenta e hesitante, Yshwa não chamou atenção para isso. Ele continuou as conversas como se sempre tivesse falado para Asụghara e A Ada, como se tivesse sempre sabido que a eu-besta estava ouvindo e as palavras se diriam a todos. Aprovamos a mudança de decisão de Asụghara porque, no fim das contas, Yshwa entendia melhor do que ninguém o que estávamos passando, tendo morrido em sua própria forma carnal, e tê-lo era melhor do que estarmos sozinhos aqui. Além disso, já que seus dias corporificados tinham acontecido tanto tempo antes dos nossos, nós o aceitávamos como um irmão mais velho. Era gostoso ter mais um irmãoirmã.

Tentamos ensinar nosso-eu a ver os humanos como ele via, com a mesma simpatia, seguir seu exemplo. Depois de Soren e da perda da fé, A Ada tinha decidido que a vida era melhor sem Yshwa. Não importava para ela se ele era real; ela acreditava que a igreja ao redor dele era irrelevante, e esperava que sua vida após a morte fosse só esquecimento. A Ada o escolheu porque precisava de um código moral para nos controlar, um que pudesse proteger a ela e aos outros de nossas fomes. Yshwa tinha um bom código, simples: amor. Ainda assim, achávamos difícil, quase desnaturado, seguir os caminhos dele. O único recipiente com que nos importávamos de verdade era o nosso: A Ada. Para além dela, de fato considerávamos Saachi por ser contentora de um universo, e Añuli por ser Añuli. A Ada, no entanto, se importava com mais do que essas duas – ela se importava com Saul e Chima, com os amigos; ela tinha uma lista longa de pessoas amadas. Nós não, como a eu-besta tinha demonstrado com o irmão mais velho de Itohan na Geórgia, e não era da nossa natureza – a maior parte do que sabíamos sobre humanos, tínhamos aprendido com a eu-besta, que eles eram cruéis, que o mundo deles era cruel, que todos iriam, inevitavelmente, retornar ao pó. Conseguíamos perceber a lógica da filosofia da eu-besta – caçar e se alimentar de corpos, usá-los para arrancar algum prazer, colocar isso à frente de tudo, porque se não, por que estávamos vivos e qual era o motivo?

Mas não era o uso dos humanos que alarmou A Ada o bastante para fazê-la tentar usar o código. Foram os lugares a que fomos atrás de prazer com Asụghara nos guiando – o êxtase que sentíamos ao enganar humanos e assistir a seus corações se quebrarem, se amassarem contra paredes, o choque e a dor em seus olhos. Não sentíamos remorso; deixávamos isso para A Ada. Fomos cúmplices em muitas traições, conhecemos homens que mentiam e destruíam suas mulheres, que desprezavam humanos assim como nós, que agiam como se fossem deuses e não humanos. Permitimos que Asụghara brincasse com esses homens, e quando ela se cansava de torturá-los e seduzi-los com o coração de A Ada, a ajudávamos a lembrá-los de que a divindade era deliberadamente não concedida à toda carne, que eles eram nada, nada melhores do que as mulheres que eles pensavam que podiam machucar. Todos os homens confessavam amar a eu-besta, com as bocas ou com a fome nos olhos depois que ela os deixava, depois que ela jogava todos fora. A Ada sofria com isso porque, como uma humana, ela tinha amado alguns deles.

Quando estávamos frente ao Yshwa, era fácil justificar as coisas que tínhamos feito. Não nos importávamos. A Ada queria ser penitente. Asụghara queria botar fogo no mundo. Éramos culpados por deixarmos a eu-besta levar o corpo de encontro a colchões e corações. De que importa?

– Vocês são enfraquecidos pela luxúria – Yshwa nos disse.

– Fale com a eu-besta – respondemos, e deixamos Asụghara para ele.

Ela deu de ombros.

– São só humanos.

– Você não é nada melhor – ele replicou. – Levada pelo instinto, incapaz de qualquer restrição, governada pelo desejo.

Asụghara sibilou, ofendida.

– Você não entende... – ela começou, mas Yshwa levantou a mão para silenciá-la.

– Você esquece – ele disse – que um dia tive um corpo também.

Caiu um silêncio pesado.

– Eu só quero ser livre – Asụghara disse depois de um tempo.

Perguntamo-nos se ela quis dizer *de* nós, se ela queria ser um eu separado, com o próprio corpo, fazendo o que quisesse. Se era o caso, ela teria que aprender, como A Ada tinha aprendido, quais coisas nessa vida eram impossíveis. O todo é maior que o indivíduo.

– Pensei que você queria seguir meus ensinamentos – Yshwa disse, mas estava se referindo a todos nós, não só a ela.

Hesitamos. A Ada queria segui-lo, isso era claro; ela nunca tinha tentado nos conduzir tão firmemente como agora, mas éramos muitos e ela era pequena.

— Não me peça que pare pelos humanos — Asụghara cuspiu. — Tirar deles é o único prazer que ainda possuímos.

— Você não pode depender disso para sempre — Yshwa disse.

— Você tem um plano melhor? Você sabe como fazer a dor parar?

Eram só olhos como os nossos que enxergavam Yshwa se encolher, só com pequenas frações da pele, como se estivesse lembrando.

— Ela não para.

Asụghara falou por nós.

— Então não pararemos também.

Ele se aproximou e colocou as mãos nas bochechas dela. Queimou, e ela se transformou em A Ada.

— Faça por mim — ele sussurrou.

Os olhos de A Ada se encheram de lágrimas.

— Não é justo, Yshwa. Nós só queremos que a dor pare. Ou você esqueceu? Ao menos você pôde morrer.

Ela queria desviar o olhar — nós queríamos desviar o olhar — mas Yshwa estava segurando firme. A respiração dele parecia milhares de cortes minúsculos em nossa pele.

— Somos deuses — ele a lembrou. — Eu não tenho que ser justo — quando ele pressionou a boca na testa dela, nossos ossos ferveram. A Ada fechou os olhos. — Eu vou te guiar — ele sussurrou — pelo caminho da justiça por nada, a não ser honrar o meu nome.

Quando abrimos os olhos de novo, ele tinha ido embora. Não foi a última vez que ele tentou nos salvar, nos puxar da nossa condenação e nos envolver em sua paz. Yshwa conhecia o medo secreto de A Ada — de que ela tivesse se tornado má por todas as coisas que Asụghara tinha feito.

Não importava. Ele não era o bastante.

Paramos de caçar porque tinha perdido a graça, mas não podíamos dar a Yshwa o que ele queria. Havia segurança demais no pecado, doçura demais para abandonar. Tomamos amores que pertenciam a outras pessoas, beijávamos maridos depois do sol se pôr e também na luz forte das tardes. Demos novos homens para A Ada, não totalmente convertidos, mas não tão cruéis quanto os outros. Ela se sentia um pouco mais segura com esses, então escreveu sobre eles para Yshwa, como evidência de pequenas curas, prova de que ela estava lentamente, de algum jeito, sendo salva.

Capítulo Dezenove

Você não pode encontrar. E se encontrar, não pode tocar.

Ada

Querido Yshwa,
Estou deitada na cama com a camiseta do meu amor. Ele sempre deixa algo para trás, mas não é de propósito. Da primeira vez foi o cardigã azul marinho, que eu usei até ele voltar. As mangas eram grandes demais e engoliam meus cotovelos.

Ontem, quando ele foi embora, andei com ele até o trem e ele me beijou na plataforma. Assisti ao trem indo embora e andei até as escadas, pelo concreto da praça. Entrei pela porta branca e descascada do meu prédio e subi as escadas bambas até meu apartamento. A camiseta branca estava em cima da minha cama. Tinha o cheiro dele. Tirei as roupas e a coloquei sobre meu corpo. Dormi no cheiro dele.

Eu o amo, mas não muito. Com cuidado. Ele não me toca enquanto dorme, mas me abraça quando está acordado.

É simples com ele. Tem diversão, uma boa amizade, e orgasmos poderosos. Às vezes, parece que não preciso de mais nada.

– Não acredito em sentir falta das pessoas – ele me diz. – Se eu sentir sua falta, é só te ligar.

Ele quase nunca está no país quando me liga. Eu o amo, mas não mais que o necessário.

– Olha isso – ele diz, nos observando no espelho, nossas peles molhadas e reluzentes. – Isso é lindo pra caralho.

Não me entenda mal. Eu ainda quero a eternidade, Yshwa. Mas aprendi que não dá para forçar a eternidade em pessoas erradas.

Elas pertencem a exatamente onde estão, oferecendo exatamente o que querem. Não peço por nada mais. Acho que não deveria ter que pedir. Além disso, penso em você o tempo todo e isso me ajuda a me separar disso tudo. Me liberta. Quando você observa a vida de longe, as coisas que falamos, pensamos e fofocamos se esvaem em pontinhos, até o nada. Penso, isso aqui vai importar em trinta anos?

Verei meu outro amor, o pintor, em algumas semanas. Nenhum de nós está no mesmo continente, o que deixa as coisas mais fáceis. Eu toco o rosto dele como se fosse sagrado. Ele gosta de me dizer que sou livre, que não posso ser colocada em uma gaiola, e eu costumava contrariá-lo. Mas um dia percebi que não conto a ele sobre os outros porque tem algo nisso que realmente me mantém livre. Mas eu o amo, e é fácil.

Quando penso neles e no amor que sinto por eles, a coisa se desdobra em um amor maior. Meu peito se multiplica. Até desejo segurar os rostos dos meus amigos e dizer que os amo. Não me sinto presa nem ancorada, o que é muito estranho, Yshwa. Paro de ter medo de mudanças e posso ir para onde quiser porque sei que serei amada constantemente em qualquer espaço. E mesmo que tudo se dissipe com eles, o amor nascerá de novo. Somos todos condutos. Ele se move livremente por nós.

Yshwa, estou cansada da dor. É mais fácil focar no amor e em uma existência de fora deste mundo. Ao menos isso parece liberdade.

Mesmo assim, você gosta de me mandar novos amores, como presentes impulsivos. Como aquele que eu achei que seria arrogante e atrevido. Ele chegou depois de uma semana difícil e acabou sendo tímido e desajeitado, um menino. Ele era determinado na cama, o rosto calmo e focado, o corpo martelando. Meninos fodem assim, rápidos e intensos e desesperados. Mas quando estávamos na plataforma aberta do trem, expostos ao céu, ele me abraçou contra o peito. Virei o rosto pará que meu batom não manchasse as roupas dele e ele beijou minha testa mais vezes do que qualquer outra pessoa nos últimos anos. Ele falava de tênis o tempo todo, como o Ewan. Quando nos despedimos, eu estava usando o mesmo vestido do dia em que nos conhecemos.

"Vou sentir sua falta", mandei por mensagem.

"Você foi o melhor da minha viagem", ele respondeu.

Mesmo assim, sou muito sozinha. Eles me ajudam a esquecer disso, mas às vezes parecem um continente viajando pelo meu peito. Estou tão cansada de ser vazia. Virei o vazio do avesso e o usei como uma luva, espalhei pelas paredes até minha casa parecer gritar *vazio, vazio, vazio*. Eu não sabia o que fazer depois. Só sei que dói estar nos espaços entre a liberdade.

– Você pode me abraçar? – peço para meu amor da camiseta branca.

– É claro – ele responde, e me abraça. – Está tudo bem?

Quero contar a ele que minha angústia apareceu de novo, mas, em vez disso, eu minto e deito ao lado do corpo dele, assistindo a um filme de animação tremeluzindo a tela. Encontro algum conforto no fato de ele ter escolhido estar aqui comigo. Isso importa, mesmo que eu ainda me sinta sozinha com ele ali.

Ele viu as cicatrizes nos meus braços pela primeira vez hoje.

– Temos que conversar – ele disse.

– Eu me cortava – respondi. – Eu parei.

– Fico feliz que tenha parado – ele disse, mas me lembrou de há quanto tempo isso vinha doendo. A dor é tão antiga, Yshwa. Nem tenho forças para querer qualquer outra coisa. Só flutuo e olho para o céu, e quando a dor chega, eu curvo meu pescoço para impedir que a água tome meu rosto. Meses atrás, o pintor olhou para mim enquanto estávamos na cama.

"A tristeza nunca sai mesmo dos seus olhos", ele disse.

Num dia em que saí em Lagos com um grupo de amigos, conheci um menino somaliano que me disse que habito um espaço entre a depressão e a felicidade, um lugar doce, um lugar ótimo.

Olhei para ele e pensei se isso era verdade. Se era, será que este lugar era mais real do que as pontas do espectro? Seria o ponto de equilíbrio perfeito, pensei.

– Você é a mulher mais linda que eu já vi na vida – ele disse.

– Por quê? – perguntei.

Ele olhou para mim, e riu.

– Beleza é beleza – ele disse, balançando a cabeça. – Simplesmente é.

Olhei de volta para ele. Ele não tinha conseguido parar de beber a noite toda. Ele tinha começado com pequenos copos de tequila, passando por copos maiores de vodca, e ocasionais copos de água da torneira, e agora segurava um copo azul de gim. Eu o observei e depois contei a ele sobre Ewan. Quando mencionei Donyen, a expressão dele mudou.

– Você é bonita demais para ser gay – disse.

Mais tarde naquela noite, ele perguntou se tínhamos nos conhecido em outra vida, e eu não respondi. Fomos todos para outro bar, e lá ele pegou minha mão e me levou para baixo de umas luzes roxas.

– Vou sentir sua falta – ele disse. – Queria que tivéssemos mais tempo.

Eu não tinha certeza do que é que ele estava fugindo, mas queria dizer a ele que eu era o lugar errado para o qual correr. Eu não conseguiria amá-lo. Ele tinha ódio demais dentro de si e pensava que eu me apaixonaria por palavras, como se fosse possível me pegar com minha própria arma. Procure um deus, eu devia ter dito, eles gostam quando vocês correm até eles.

Sinceramente, Yshwa, só quero descansar. Deixe-me encontrar um lugar onde mesmo estando sozinha, eu possa sentar na minha varanda e olhar uma mangueira e possamos só conversar. Você será as palavras na minha boca e as que caem dos meus dedos; será a você que direcionarei meus desejos.

NZỌPỤTA

(Salvação)

Capítulo Vinte

Escondendo-se, ah, escondendo-se! Os escondidos devem se esconder muito bem, porque estou soltando o leopardo.

Nós

Permita-nos um momento para explicarmos algumas coisas. Quando você quebra algo, deve estudar o padrão dos estilhaços antes de montá-lo de novo. Foi assim com A Ada. Ela era uma pergunta envolta em respiração: Como sobreviver quando colocam um deus dentro do seu corpo? Dissemos antes que era como enfiar um sol em um saco de pele, então não deve ser nenhuma surpresa que a pele rasgue ou a mente quebre. Considere-a aberta pelo fogo. Era uma encarnação incomum, ser filha de Ala e também *ogbanje*, ser a cria do deus que detém a vida, mas ser puxada para a morte. Fizemos o melhor que pudemos.

Porque viemos por portões que não se fecharam quando passamos, foi fácil tornarmos a realidade solta para A Ada. Tínhamos um pé do outro lado o tempo todo; era fácil se afastar deste mundo. E você deve saber, deve ver, como este mundo é um lugar terrível e perverso. Seccionamos A Ada em dobras fartas e extravagantes, fazendo o que queríamos com as memórias dela. Há muitas vantagens em uma mente quebrada.

Quando A Ada era criança e o filho do vizinho entrou no quarto que ela dividia com Añuli, quando ele colocou a mão no meio das pernas de A Ada, debaixo da camisola de desenho animado que ela usava, decidimos que ela não precisava lembrar dos movimentos exatos dos dedos dele. Nem daquela vez, nem da vez depois, ou na depois dessa. Continuou até A Ada escrever uma carta para Chima pedindo que ele parasse de convidar o filho do vizinho para visitas à noite, e foi quando parou. Seccionamos a imagem da sombra dele se inclinando sobre a cama, do braço dele esticando. Quando o vizinho, o pai do menino, agarrou A Ada ao encontrá-la sozinha em sua sala de estar, quando ela tinha doze anos, fizemos o mesmo. Seccionamos bem – A Ada de antes da secção não foi a mesma criança depois da secção. Quando ela tentasse encontrar as memórias, seria como se pertencessem a outra pessoa, não a ela.

Ela só tinha a nós; não podíamos confiá-la a mais ninguém. Saachi foi embora e Saul estava sempre no hospital, e A Ada estava à mercê dos caprichos das mãos de Chima. Ele batia nela o tempo todo, porque podia – ele era o primeiro filho e o primogênito, e ela era responsabilidade dele. A Ada revidava e chorava pedindo pela mãe humana, até perceber que não fazia diferença. Mesmo quando Saachi voltava, uma ou duas vezes por ano, não era real.

– Ela vai ir embora – Chima lembrava A Ada, quando ela tentava denunciá-lo para Saachi –, e seremos só nos dois de novo.

Quando ele começou a bater nela com um cinto, A Ada já sabia que ninguém ficaria tempo o bastante para protegê-la.

Logo que fomos colocados dentro dela, com estes humanos, havia boas chances de A Ada sobreviver. Foi, em retrospecto, uma exigência muito baixa. Ela não morreu, é verdade, mas não foi protegida, foi violada, então, na nossa opinião, eles falharam. É por isso que nunca nos arrependemos de intervir, seja como nosso-eu ou como a eu-besta. Mostre-nos alguém, qualquer um, que podia tê-la salvado melhor.

Seccionar A Ada deu-lhe bolsões isolados de memórias, cada um contendo uma versão diferente dela. Havia versões que tinham sofrido coisas ruins, ou seja, também havia versões que não tinham passado por nada disso. A Ada podia examinar a própria vida e enxergar, como clones, várias versões dela mesma em fila. Isso a apavorava, porque se havia tantas dela, então qual era ela? Elas eram falsas e seu eu presente era o real, ou o eu presente era falso e era uma das outras, perdida na fila, que era A Ada real? Não podíamos aliviar o terror dela porque não permitiríamos uma ponte entre ela e suas secções passadas. Tínhamos as separado por uma razão. Muitas coisas são melhores do que uma lembrança completa; faz-se muitas coisas por misericórdia.

Mas o que fazíamos envolvia alguns perigos; seccionar é um exercício brutal, afinal de contas, e ficou incontrolável. A Ada estava vivendo realidades múltiplas ao mesmo tempo, flutuando frouxamente entre elas, esquecendo como uma era assim que entrava em outra. Era como se ela tivesse sido jogada de volta para dentro dos portões abertos e estivesse presa para sempre entre os planos. Para ela, era profundamente perturbador e parecia uma loucura se desenvolvendo. Então A Ada começou a transformar a própria pele, para lembrá-la de suas versões passadas, tatuando os braços e pulsos e pernas. Nós aceitamos, porque era um sacrifício digno; há pouca diferença entre usar uma lâmina e essa alternativa, esta ondulação da pele com agulhas múltiplas, injetando tinta até a carne inchar e vazar e sangrar. Ela tatuou uma manga espessa de tinta preta no antebraço esquerdo, onde costumava realizar as oferendas de sangue, e nunca mais se cortou depois disso. Todos tínhamos evoluído.

Ela até tatuou um retrato de todos nós no alto do braço esquerdo, ela olhando para frente, e nós espreitando por sobre seus ombros com nossas bocas presas à junção do pescoço e trapézio, um braço fantasma ao redor dela, um círculo suspenso no nada. Todas essas coisas que ela estava fazendo com a pele a traziam para mais perto de nós; era como uma propaganda, uma linha do tempo de secções, quem ela era por dentro se revelando por fora. Nós sempre a apoiamos nisso, como quando ela esculpiu o peito. Sabendo que Ala, em seu cruel amor materno, não nos permitiria retornar por sua boca para dentro do ventre, só o que queríamos agora era a inteireza. Mas quando algo foi criado com deformações e pontas desproporcionais, às vezes é preciso quebrá-lo um pouco mais antes de começar a reconstruí-lo. E às vezes, quando este algo é um deus, você precisa da ajuda de alguém santo.

Capítulo Vinte e Um

Como alguém pode contar a história de uma chuva que caiu em si,
se não conhece o lugar de onde a chuva começou a cair?

Nós

Foi bom e correto que A Ada conhecesse o padre na Nigéria; algumas coisas devem acontecer na terra natal, se acontecerem. Foi em Lagos, sim, não no Sudoeste onde nascemos pela primeira vez, mas era aceitável porque o padre era Iorubá, e nessas coisas é preciso ceder. Ele era um artista sonoro que morava em Paris, que estava afastado há quinze anos, que foi puxado de volta bem a tempo de nos conhecer. Ele chegou como uma torrente, então para falar dele, vamos chamá-lo de Lẹshi.

Lẹshi era um homem magro, alto e de pele escura, os olhos delineados com kohl e os cílios pintados de rímel. Ele observou A Ada desde o primeiro momento em que a viu, antes dos olhos dela o encontrarem, um espaço de tempo privado. Quando se conheceram, moveram-se com cuidado perto um do outro durante os primeiros dias, vestindo máscaras de carne, mas farejando as coisas debaixo de suas respectivas peles. Ele nos intrigou – fedia a poder, a espaços de intermeio, e anunciava para quem quisesse ouvir. Os amigos de A Ada insistiam que ele amava homens – ninguém, eles diziam, usaria tanta mulher no rosto de outra maneira. Mas nós reconhecíamos as partes que Lẹshi trazia; sabíamos que elas transpiravam os espaços em que ele vivia, aquelas sarjetas liminares. Queríamos sentar com ele porque ele lembrava Ewan da primeira vez que A Ada o conheceu, aquela conexão imediata, aquela certeza com uma leve promessa de mudança de vida.

Lá fora na segunda noite, Lẹshi e A Ada se encostaram em um carro no estacionamento, longe dos holofotes.

– Quer vir comigo para meu hotel? – ele perguntou.

A Ada riu e balançou a cabeça. Ele era um estranho, mas ela não estava com medo porque nós o conhecíamos, algo na medula dele era compatível com a nossa. Mesmo assim, ela recusou.

– Não quero que as pessoas fiquem comentando – disse.

Lęshi olhou para ela, e os olhos estavam pesados e risonhos.

– Posso te dar certeza agora – disse. – Você vai embora comigo.

Ele não estava sendo arrogante. Ele não era humano o bastante para isso. A Ada hesitou, e Lęshi inclinou a cabeça na direção dela.

– Desde quando você se importa com o que eles pensam? – ele perguntou, e olhamos para ele através dos olhos de A Ada, e rimos porque ele estava certo. Nada disso importava. Eram complicações humanas; eles morreriam com o tempo – tudo sempre morria. A Ada foi com ele, para o ninho branco do quarto de hotel, que a consumiu pelas duas noites seguintes.

A energia de Lęshi vibrava contra as paredes e nós nos alimentávamos dela, fechados em um casulo que rejeitava a realidade da cidade.

– Eu te senti assim que você entrou – ele disse para A Ada, que estava enrolada em uma poltrona. – Tanto poder.

Ela corou.

– Mas eu nem disse nada. Vocês estavam ensaiando. Eu só entrei e sentei.

Lęshi sorriu de leve.

– Sim – ele disse. – Exatamente. Foi tudo que você teve que fazer para todos sentirem que você tinha entrado.

Asụghara sorriu.

– Posso tomar um banho? – ela perguntou, transparente como gelo. Nós permitimos; era inevitável que a eu-besta se exibisse, deixamos ela jogar. Ela tirou as roupas de A Ada e abriu a torneira enquanto o padre assistia, quieto e relaxado. Ele não a tocou; tinha um amor em Paris. Asụghara rondou e ronronou, porque não se importava; humanos eram previsíveis, cheios de fome e péssimos com restrições.

Mas como estávamos aprendendo, o padre não era humano, então ele sorria, imune à sedução, e a persuadiu e afagou até convencê-la a deitar a cabeça nas coxas dele, nua e dócil, o corpo de A Ada espalhado pelos lençóis. Lęshi permaneceu completamente vestido pelas duas noites, com a cabeça coberta. Talvez ele entendesse o dano que Asụghara podia causar se ele a deixasse chegar perto de sua pele.

– É visível que você muda – ele nos disse, os olhos estreitos e interessados. – Sua linguagem corporal. O jeito que você fala. Seus olhos. Você não é sempre a mesma pessoa, né?

Entenda isso se não entender mais nada: ser enxergado é algo poderoso. De repente, nosso-eu estava se aventurando timidamente para fora da boca de A Ada, contando a ele sobre nós, sobre como éramos um deus extraviado, como não éramos humanos, como tínhamos dividido a mente de A Ada. Lęshi olhou para A Ada em reverência – até um padre pode ser ensinado a rezar.

– Eu sempre me senti assim – ele disse –, minha vida toda, mas nunca consegui colocar em palavras desse jeito.

A Ada mostrou o antebraço preto e as cicatrizes macias que a tinta escondia. O padre passou os dedos por elas, depois enrolou as mangas para mostrar a dele. Cobria o antebraço inteiro – carne franzida e reluzente contraída em um queloide. "Foi reconstruída", ele disse. Foi uma performance; ele mesmo tinha arrancado a carne e a oferecido para o público. Nós entendíamos. É como dissemos: quando deuses despertam em você, às vezes você precisa se cortar para satisfazê-lo.

– Quero que você dure para sempre – ela disse para ele, os rostos espelhados nos travesseiros. Passamos os dedos dela pela pele do rosto dele, e os olhos se arrepiaram e se fecharam.

– Por favor – ele sussurrou. – Você precisa parar com isso – ele já tinha um amor; não tínhamos permissão para tocá-lo demais.

Não podemos contar sobre tudo, as partes que não cabem em

palavras, as partes que já seccionamos para serem bem guardadas. Quando deuses falam, quem escuta sem permissão fica surdo. Satisfaça-se com o seguinte: Lęshi disse verdades à A Ada. Ele a leu e a profetizou e a testou, nos testou. *Quais são seus medos? Por que você está fazendo isso? Não, isso é mentira. Tente de novo. Isso também foi mentira. Pare de ter medo. Sim, agora você está dizendo a verdade. Vê? Quando você diz isso, o que está tentando moldar? Aqui está a beira de um precipício, você tem estômago para chegar perto? Parece que sim, você fede a poder. Não, você não pode segurar minha mão. Não sou seu, não estou mesmo aqui. Você tem que se bastar, nada disso funciona se você não se bastar. Eu te vejo. Não vou te tocar, mas te vejo. Tente de novo.*

E fácil assim, em duas noites enquanto a lua lentamente mudava de fase, ele alcançou nosso interior, através de nós, e puxou A Ada para a luz. Acredite, nós a teríamos mantido para sempre em nossa larga sombra, mas Lęshi forçou caminho até sua terrível solidão, chamou-a de todos os nossos nomes, depois foi embora, alguns portões se fecham. A única vez que a beijou foi na manhã em que estava indo embora, e quando ele se foi, ficamos devastados.

Ah, nós sempre afirmamos que comandávamos A Ada, mas esta é a verdade: era mais fácil controlá-la quando ela pensava que era fraca. E outra verdade: ela não é nossa, nós somos dela. Nós não sabíamos quem enviara o padre para lembrá-la (provavelmente foram nossos irmãosirmãs) e queríamos sentir raiva, mas Lęshi foi um abismo de beleza e não conseguimos encontrar raiva suficiente para isso. Em vez disso deixamos nosso-eu afundar nele, nos espaços que a ausência dele criou. Revivíamos as duas noites sem parar; penduramos o rosto dele por todo o mármore e choramos pela perda de sua voz. Quando a tristeza pareceu estar indo embora, nós a regurgitamos e a enrolamos, trágica e linda, pelos dentes de A Ada. Não o seccionamos, mesmo que só pensar em seu rosto fosse desesperador.

O luto por ele tornou-se um ritual, uma encenação dramática

da dor. A Ada tropeçava por aí, cega pela memória. Quando você sempre se escondeu em uma larga sombra, dói olhar para a luz, estar acordada, sentir.

– Queria ter filmado – ela disse a Añuli. Queríamos projetá-lo em uma parede e assistir sem parar, assistir ao maxilar dele virando-se em nossa direção mil vezes, até a eletricidade acabar, até nossos olhos desabarem.

– Ele não vai voltar – Añuli disse, direta. Ela estava sendo gentil, mas nós já sabíamos que ele não voltaria; sentimos a reverberação quando ele partiu. Era cruel, era injusto! Peles não devem trocar tão rápido; era como se ele tivesse enfiado os dedos nos nossos olhos e nos esfolado completamente, nos descascando até estarmos crus. Quem nós éramos antes de Lẹshi colocar suas longas mãos em nós não era quem éramos depois. Não, ficamos acabados. Estávamos prontos para parar os nascimentos e as nomeações – A Ada estava pronta para ficar à frente de si.

Quando recuamos, pareceu um tipo de morte. Mas conforme A Ada moveu-se de nossa sombra para dentro do próprio corpo, percebemos que a assistíamos com um orgulho triste. Ela tinha cicatrizes, sim, até buracos em alguns lugares. Mas ela era – ela sempre foi – uma coisa aterrorizantemente linda. Se você a visse quando completa, entenderia – o poder cai bem na criança. Ela é pesada e insustentavelmente leve, é mesmo cria de sua mãe. Pense nela quando a lua estiver suntuosa, flatulenta, explodindo de luz e pus, repugnante de tanta força.

Sim, agora você começa a entender.

Capítulo Vinte e Dois

O mascarado adentrou a arena. Você será açoitado se permanecer.
Suas orelhas ficarão lotadas de novidades se você fugir.

Ada

Temos um ditado na minha terra: *Ichụrụ chi ya aka mgba*. Nunca desafie o próprio chi para uma luta. Parece que é isso que venho fazendo há anos, lutando como se o desfecho pudesse ser outro além da minha derrota. Mas é um alívio estar finalmente jogada, deitar as costas na areia, viva e sem ar. É possível ver o céu direito assim. Além disso, a areia é minha mãe e ninguém pode correr dela. Diz-se que ela encontra você se seus pés tocarem a terra, e quando encontra, a terra pode se abrir como uma cápsula e te engolir. Há uma história sobre um homem chamado Alụ que tentou escapar dela pulando de árvore em árvore como um macaco. Ele viveu assim por anos, flutuando nas copas das árvores, e quando Ala não conseguiu encontrá-lo, assombrou toda a floresta. O nome dele tornou-se a palavra para tabu, e todo tabu é cometido contra ela. Os deuses realmente levam as coisas para o pessoal.

Queria poder dizer que depois de Lẹshi tornei-me uma criança obediente, que escutei minha primeira mãe e andei com meus irmão-sirmãs, mas eu era muito teimosa e ainda tinha medo. Sei que parece loucura denominar-se um deus. Acredite, resisti no início. Vou sair fazendo perguntas, pensei, e acabei em um restaurante em Lagos falando com um homem Igbo, um historiador. Quando contei sobre meus outros e meu nome e minha primeira mãe, ele chegou mais perto.

– Não posso falar com você sobre essas coisas em um restaurante em Lagos com ar condicionado – disse. – Entende? Mas você está no caminho certo. Esta jornada é a coisa certa a ser feita.

Deveria ter me tranquilizado, mas só me apavorou ainda mais. Eu queria parar, mas não podia, porque era minha vida, entende? Não importa quão louco possa parecer, as coisas acontecendo em minha cabeça eram reais e vinham acontecendo há muito tempo. Depois de todos os médicos e diagnósticos e hospitais, isso sobre ser *ọgbanje*, filha de Ala – foi o único caminho que me trouxe alguma paz. Então, sim, eu estava apavorada, mas fui falar com o historiador novamente.

– O nome que você recebeu tem muitas conotações, ouviu? – ele usava óculos e falava em rajadas de palavras. – O ovo de uma píton significa uma criança preciosa. Uma cria de deuses, ou a divindade mesma. As experiências que você teve sugerem que há uma conexão espiritual, sobre a qual você deve aprender. Sua jornada não estará completa até você fazer isso – ele se reclinou e cruzou os braços. – Não há nada mais que qualquer um possa te dizer. É importante que você entenda seu lugar neste planeta.

Às vezes, você reconhece a verdade porque ela te destrói por um segundo. Desabei naquela noite, um choro incontrolável, joguei meu telefone na parede e respirei tão rápido que tudo ao meu redor começou a desaparecer. Eu estava na casa de um dos meus amores, o pintor, e ele colocou o braço ao meu redor, me levantando.

– Fique comigo – ele disse com urgência. – Fique comigo, Ada.

Eu já não estava mais lá, e virei para dentro, para meus outros. *O que ele quer dizer*, perguntei. *Não vou a lugar nenhum.*

Eles fizeram uma cara. *Não temos certeza. Mesmo que você desmaie, vai acordar.*

– Fique comigo, por favor – ele implorou.

Ele não sabe o que fazer, eu disse a eles, e eles concordaram.

Algo deve ser feito, eles disseram. *Escolha um de nós.*

Olhei para eles e era o mesmo que olhar para mim. Asụghara, eu disse. Ela estava mais velha agora, menos brutal, mas ainda eficiente. Quando ela tomou o controle, parei de chorar.

— Preciso ligar para minha mãe — ela disse, usando minha boca. Eu já estava aprendendo como seria este novo equilíbrio, no qual eu controlaria nossos movimentos. Mais e mais, eu percebia como tinha sido inútil tentar nos transformar em uma entidade única.

— Sua mãe não vai ficar preocupada? — o pintor perguntou.

Asụghara balançou nossa cabeça. A mãe dele entraria em pânico, mas Saachi era diferente, ela era uma humana selecionada. Ela não era do tipo que desmoronava com tanta facilidade. Quando ela atendeu o telefone, Asụghara falou em meio à falta de ar e manteve a voz estável.

— Estou tendo um ataque de pânico e não sei o que fazer. Hiperventilando. Sinto que vou desmaiar.

Saachi respondeu também calma, a voz focada.

— Você já comeu hoje?

— Não.

— Você está com hipoglicemia. Onde você está?

— Na casa de um amigo.

— Ok. Você precisa deitar, mas primeiro tem que comer ou beber alguma coisa. Agora, entendeu?

Eu estava perdendo a consciência. Asụghara demorou uns segundos para encontrar minha boca de novo, e quando ela falou, nossa voz estava fraca.

— Eu não sei.

Outra mãe teria deixado a preocupação escapar para a voz, mas Saachi já tinha me visto quase morrer. Isso era nada em comparação.

— O seu amigo está perto? — ela perguntou.

— Sim, você quer falar com ele?

— Sim, passe o telefone para ele.

Asụghara entregou o telefone para o pintor e caiu no mármore. Era demais para sustentar, manter um eu funcional no comando. Eu escutava a voz do pintor enquanto ele falava com Saachi, o tom ansioso e respeitoso. Depois de desligar, ele me trouxe um copo de água e me assistiu bebê-la.

– O que você quer comer? – perguntou.

Asụghara tentou uma última vez.

– Acho que vou deitar – disse, mas quando eu tentei levantar, minhas pernas eram nada. Eu não conseguia andar; meu corpo já tinha desistido. Comecei a chorar de novo e o pintor me pegou no colo e me levou para o quarto. Quando me colocou na cama, a espuma dura do colchão parecia a terra. Deitei de lado e apertei a bochecha nela. A saia que eu estava usando se espalhou pela cama e apertou minha cintura.

– Respire – ele disse, aproximando o rosto do meu. A mão dele estava na minha pele. – Respire.

Parecia tão mais fácil não respirar. Parecia absurdo esperar que meu corpo fizesse tanto esforço só para inspirar. Para quê?

É só parar, meus outros sugeriram. *Você podia parar de respirar. Parece tão fácil.*

Eles estavam certos, parecia mesmo. Segurei minha respiração, mas não parecia que eu estava segurando minha respiração, parecia que nunca deveria ter havido qualquer respiração. Parecia que todo o conceito de respiração era algo que eu tinha inventado. Afinal de contas, era para meu corpo jamais ter se movido assim. Estes pulmões foram feitos só para serem vistos. Eles nunca deveriam ter se expandido e eu nunca deveria ter vivido.

O pintor me sacudiu, mas meus olhos estavam mais pesados do que lama fria. Desajeitadamente, abri o zíper da minha saia e a pressão no meu diafragma diminuiu, mas eu ainda estava me entregando. Foi só quando ele colocou uma toalha gelada na minha nuca que o cinza foi embora, quase relutante. A sensação de perda passou e caí no sono.

Na manhã seguinte, eu estava de volta em meu corpo e o pintor estava aliviado.

– É uma coisa falar de questões espirituais – ele disse. Ele sabia sobre as secções na minha mente, minha língua e minhas escamas. – Outra coisa é ver.

Fiquei confusa.

– Como assim?

Ele me olhou de um jeito estranho.

– Qual é, Ada. Você quase passou para o outro lado ontem à noite – eu ri, mas ele estava falando sério. – Por isso eu fiquei pedindo para você ficar.

– Eu teria voltado – eu disse.

Ele balançou a cabeça e vi um restinho de preocupação em seu rosto.

– Você não tem como ter certeza disso.

Fiquei em silêncio. Talvez ele tivesse razão.

– E sabe qual foi a parte mais assustadora? – ele continuou. – Eu olhei nos seus olhos e você não estava com medo. Você sabia que estava escapando, mas seus olhos estavam em paz.

Continuei ouvindo, e ele examinou meu rosto, deitado no travesseiro ao meu lado.

– É como se o seu povo estivesse te chamando e você estivesse ouvindo. Então continuei pedindo para você ficar.

Sorri para tranquilizá-lo e toquei sua bochecha.

– Obrigada – disse. Não lembrava da última vez que alguém tinha temido por mim. Eu também sabia que não era por acaso isso ter acontecido enquanto eu procurava respostas para essas perguntas das quais tinha medo. O historiador estava certo – não havia mais nada que qualquer um pudesse me dizer.

Eu sabia que os irmãosirmãs não estavam falando sério quando tentaram me arrastar para o outro lado na noite anterior. A questão com Ala é que não é possível mover-se contra ela. Se ela me rejeitou dos portões e me disse para viver, então eu teria que viver, *ogbanje* ou não. Nem os irmãosirmãs eram imprudentes o bastante para tentar desafiá-la, o que significa que eles estavam tentando me assustar, ou me avisar. Parecia o tipo de coisa que eles fariam. Se o gongo de madeira fica alto demais, você diz a ele de que madeira ele foi feito.

Mas é como eu disse, sou teimosa. Não fui procurar por Ala, não naquela viagem. Eu voltei para os Estados Unidos e liguei para Malena e contei o que tinha acontecido. Ela concordou com o historiador.

– Você precisa conhecer suas raízes, *mi amor* – ela disse. – É uma longa jornada, mas depois de começar, você vai se sentir muito melhor. É difícil porque você não sabe totalmente no que está se metendo quando se compromete com eles, e é difícil porque eles são superprotetores. Mas você vai entender melhor quem é – ela pausou. – Você sabe a idade que tem? Você é mais velha que eu, Ada. Espiritualmente, você é mais velha que eu. Você tem dezesseis mil anos. Por causa de quem você é e em quem você nasceu. Você tem um outro nome. Você é mais sábia. Só precisa de orientação.

Ela parecia um profeta, como se alguém estivesse falando por sua boca de novo.

Decidi começar do início, rezando. Na primeira noite em que tentei foi porque minha mente estava rodando como às vezes faz, barulhenta e descontrolada. Eu estava muito cansada. Eles estavam puxando meus pensamentos, todos eles. Às vezes eu não separo meus outros e os irmãosirmãs; eles são todos ọgbanje no final, irmãos entre si mais do que meus. Mas eu estava muito cansada. Quantos anos eu tinha passado tentando equilibrá-los, tentando matá-los, me defendendo contra suas represálias, subornando-os, privando-os e implorando? Eu costumava tentar rezar para Yshwa, mas não tem efeito neles. Entendo porque Asụghara o achava inútil.

Então, naquela noite, rezei para Ala. Não queria que fosse em inglês, mesmo sabendo que ela entenderia; línguas são uma questão humana e só. Igbo sempre saía truncado de mim, mas havia uma palavra fácil, que deslizava da minha língua como óleo de palma salgado e tinha o gosto certo.

– *Nne* – eu disse, e a palavra era biarticulada. Mãe.

Eu a senti imediatamente e os irmãosirmãs evaporaram da minha mente em uma nuvem apressada. Fui colocada em um espaço vasto e vazio e tudo ao meu redor estava em paz. Parecia o outro mundo – e foi assim que eu soube que estava dentro dela, suspensa e aninhada.

Encontre sua cauda, ela me disse, e as palavras serpentearam. Eram prateadas e frias.

A voz dela veio com significado. Eu tinha esquecido que se ela é uma píton, eu também sou. Se eu não sei onde está minha cauda, não sei de nada. Não sei para onde estou indo, não sei onde está o chão, ou onde está o céu, ou se estou de costas para minha cabeça. O significado era claro. Enrole-se. Encoste a língua na cauda para saber onde ela está. Você formará o círculo inevitável, o início que é o final. Este espaço imortal é quem você é e onde você está, metamorfa. Tudo é troca e tudo é ressurreição.

Na segunda vez que a chamei, ela não disse nada. Só me recolheu e me colocou dentro de um porongo. Eu estava minúscula como um filhote, deitada na curva e sentindo as fibras embaixo de mim. Eu estava enrolada. Eu era tão pequena e ela estava tão envolta na parte de fora do porongo, as escamas pressionadas contra o pescoço. Ninguém o tocaria se vissem que ela o segurava, o que quer dizer que ninguém me tocaria.

É difícil ignorar a voz de um deus, especialmente um como ela. A mensagem era muito simples; eu não podia fingir que não a escutava. Venha para casa, meus irmãosirmãs cantavam. *Venha para casa e pararemos de procurar seus problemas.* Eu curvei meu pescoço e levantei as mãos e me entreguei. O que mais poderia fazer? Não é possível lutar com o chi e vencer. Nesta nova obediência, decidi voltar para Umuahia e ver minha primeira mãe. Eu sabia que seria impossível fechar os portões, mas eu era a ponte, então não importava. Se eu fosse qualquer outra coisa, talvez eu estivesse incerta e cheia de perguntas, procurando por mediadores ou tentando falar com meus ancestrais. Mas eu tinha me rendido e a recompensa era conhecer a mim mesma. Eu não vim de uma linhagem humana e não deixarei uma para trás. Não tenho ancestrais. Não haverá mediadores. Como haveria, se meus irmãosirmãs falam diretamente comigo, se minha mãe responde quando a chamo?

É como o historiador disse, você tem que conhecer seu lugar neste planeta. Foi muito difícil soltar a existência humana. Eu senti como se estivesse sendo arrancada do mundo que conhecia, como se agora houvesse um vidro espesso entre mim e as pessoas que eu amo. Se eu lhes contasse a verdade, elas pensariam que estou louca. Foi difícil aceitar não ser humana e estar presa em um corpo humano. Mas para esta questão, o segredo estava na situação. Ọgbanje são tão liminares quanto é possível – espíritos e humanos, os dois e nenhum. Estou aqui e não estou, sou real e não sou, energia injetada em pele e osso. Sou meus outros; somos um e somos muitos. Tudo fica mais claro a cada dia, contanto que eu escute. A cada manhã, sinto menos medo.

Minha mãe está mais próxima agora. Posso ver uma estrada se abrindo diante de mim; a floresta que a ladeia é verde e o céu acima é azul. O sol é quente na minha nuca. O rio está cheio das minhas escamas. Com cada passo, sinto menos medo. Eu sou o irmãoirmã que permanece. Eu sou a aldeia cheia de rostos e o condomínio cheio de ossos, milhares translúcidos. Por que eu teria medo? Eu sou a fonte do rio.

Toda a água doce sai da minha boca.

***

Agradecimentos

Começando do início.

Enuma Okoro, por me dizer naquele restaurante em Providence, "Ah, você tem que escrever o livro espiritual antes!" Pela amizade e pelos comentários nos capítulos iniciais. Ao pintor, pela ternura e por me apoiar quando iniciei este caminho. Ao padre, por me quebrar. Ao historiador, Ed Keazor, obrigada mil vezes pela presença.

Tiona McClodden, por todo momento de crença resoluta e ativa em meu trabalho, por me inspirar com o seu. Pelas muitas maneiras que você meu viu e me apoiou, por me ensinar a ter disciplina. Christi Cartwright, por ser uma leitora excelente e meticulosa. Por sempre oferecer o lado da indústria e por ser minha amiga. Dana Spiotta e Chris Kennedy, pelos comentários na primeira versão. Ao Programa de MFA em Escrita Criativa da Universidade de Siracusa, pelo auxílio financeiro durante o ano em que escrevi o livro. À Oficina de Escrita Criativa Callaloo, onde o conceito do livro se solidificou, e à Oficina de Escrita do Caine Prize, onde terminei a primeira versão. À Cave Canem, pelas oficinas de poesia onde escrevi o Capítulo 15.

Chimamanda Adichie, pela Oficina de Escrita Criativa Farafina e as ondas criadas lá. Por aquele momento em que comecei a te contar sobre o livro e você inclinou a cabeça, olhou para mim e disse, "Ah, então você é *ọgbanje*."

Binyavanga Wainaina, por me fazer cancelar meu Uber para falar sobre o trabalho. Por ser um defensor ferrenho deste livro e assegurar que ele recebesse a atenção necessária. Você acreditou tanto nele que eu acreditei também.

A Eloghosa Osunde e a Nana Nyarko Boateng, por lerem o

manuscrito e enumerarem as razões por que este trabalho é importante, por sempre me verem e me amarem. A Isaac Otidi Amuke, com todo meu amor. Você sabe o porquê. A Sarah Chalfant, Jackie Ko, e Alba Ziegler-Bailey da Wylie Agency, por serem maravilhosas. Ao meu fantástico editor, Peter Blackstock, por acreditar.

À minha mãe, June, por me deixar entrevistar a ela e minha irmã gêmea, Yagazie, por aquela vez em que eu estava perdida sobre no que deveria acreditar para escrever este livro e você me disse para tratá-lo como se eu fosse um ator seguindo o método, para me render. E eu mergulhei e nunca mais voltei, o que é perfeito. E também por tudo mais. Obrigada.

Aos *lovebears* e *squad*, por serem minha comunidade e família escolhida. Somos tudo que temos.

A Bobbi, mi hermana mi amor, obrigada por tudo. E sempre, à minha querida Rachel, por todos esses anos de amor ferrenho e inabalável.

AKWAEKE EMEZI

Nasceu em 1987, na Nigéria, em Umuahia, mas cresceu em Aba. Atualmente vive nos Estados Unidos.

Em 2017, recebeu uma bolsa do "Global Arts Fund" para realizar a videoarte de seu projeto *The Unblinding*, e uma bolsa "Sozopol Fellowship for Creative Nonfiction".

Os textos de Akwaeke foram publicados pela *T Magazine*, *Dazed Magazine*, *The Cut*, *Buzzfeed*, *Granta Online*, *Vogue.com*, e *Commonwealth Writers*, entre outros.

Akwaeke identifica-se como *Ọgbanje*, palavra da cultura Igbo que significa um espírito intruso que nasce em uma forma humana. Traduzindo isto para sua realidade terrena, Akweke nasceu em um corpo feminino, mas não é mulher, identificando-se como transsexual/não-binária e utilizando pronomes neutros para se referir a si. No texto *Transition: My surgeries were a bridge across realities, a spirit customizing its vessel to reflect its nature*, publicado no site *The Cut*, Akwaeke fala de suas cirurgias e experiências para adequar seu espírito à realidade física.

OBRA ORIGINAL

2017 – *Who is like God* (conto).
2018 – *Freshwater*.
2019 – *PET*.

DESTAQUES

- Em 2017, seu conto *Who is like God* ganhou o "Commonwealth Short Story Prize for Africa".
- Akwaeke Emezi está entre os homenageados da *National Book Foundation '5 Under 35'*, de 2018.
- *Água doce* (*Freshwater*) foi finalista do "First Novel Prize da Center for Fiction" e foi pré-finalista do "Aspen Words Literary Prize".
- Traduzido para seis línguas, o livro é um dos "100 Notable Books de 2018", do jornal *New York Times*.
- O livro foi pré-finalista do "Carnegie Medal of Excellence" e do "The Brooklyn Public Library Literary Prize".
- O livro foi "Escolha do Editor", do *New York Times Book Review* e recebeu resenhas elogiosas do *New York Times*, *Wall Street Journal*, *New Yorker*, *Guardian* e *LA Times*, entre outros.
- *Água doce* (*Freshwater*) foi finalista do "Women's Prize for Fiction" de 2019, um dos prêmios literários de maior prestígio no Reino Unido.

fontes	Quicksand (Andrew Paglinawan)
	Josefin Sans (Santiago Orozco)
	Crimson (Sebastian Kosch)
	Montserrat (Julieta Ulanovsky)
papel	Pólen Soft 80 g/m²
impressão	BMF Gráfica